릴케의 이집트 여행

릴케의 이집트 여행

RAINER MARIA RILKE
REISE NACH ÄGYPTEN

라이너 마리아 릴케 지음
호르스트 날레브스키 엮음 | 정현규 옮김

릴케의 이집트 여행

초판 1쇄 인쇄 2015년 4월 10일
초판 1쇄 발행 2015년 4월 17일

지은이 라이너 마리아 릴케
엮은이 호르스트 날레브스키
옮긴이 정현규
펴낸이 정중모
편집인 민병일
펴낸곳 문학판

기획 · 편집 · Art Director | Min, Byoung-il
Book Design | Min, Byoung-il
편집장 박은경 | 책임편집 박은경 한나비 | 디자인 박소희 이명옥
제작 윤준수 | 마케팅 남기성 이수현 | 관리 박지희 김은성 조아라 | 홍보 김계향

등록 1980년 5월 19일(제406-2003-026호)
주소 경기도 파주시 회동길 121(문발동)
전화 031-955-0700 | 팩스 031-955-0661~2
홈페이지 www.yolimwon.com | 이메일 editor@yolimwon.com

Printed in Seoul, Korea

ISBN 978-89-7063-868-3 02850
978-89-7063-869-0 (세트)
책값은 뒤표지에 있습니다.

문학판은 열림원의 문학 · 예술 책을 전문으로 출판하는 브랜드입니다.

문학판의 심벌인 무당벌레는 유럽에서 신이 주신 좋은 벌레, 아름다운 벌레로 알려져 있으며, 독일인에게 행운을 의미합니다. 문학판은 내면과 외면이 아름다운 책을 통하여 독자들께 고귀한 미와 고요한 즐거움을 드리고자 합니다.

이 도서의 국립중앙도서관 출판예정도서목록(CIP)은 서지정보유통지원시스템
홈페이지(http://seoji.nl.go.kr)와 국가자료공동목록시스템(http://www.nl.go.kr/kolisnet)에서
이용하실 수 있습니다. (CIP제어번호: CIP2015010678)

노프레테테 왕비의 미완성 두상

라이너 마리아 릴케

Rainer Maria Rilke

1875년 12월 4일 프라하에서 태어난 라이너 마리아 릴케는 독일 현대시를 완성한 20세기 최고의 시인으로 추앙받고 있다. 그의 시는 인간 실존에 대한 깊은 통찰력, 사물의 본질에 대한 미적 탐구, 인간성을 회구하는 고독, 삶과 죽음에 대한 형이상학적인 사유로 가득 차 있다. 작품집으로 『말테의 수기』, 『기도시집』, 『형상시집』, 『신시집』 등이 있으며 특히 『두이노의 비가』와 『오르페우스에게 바치는 소네트』는 릴케 예술의 진수로 알려져 있다.

릴케는 1911년 1월부터 3월까지 이집트를 여행했다. 조각가였던 그의 아내 클라라 릴케 베스트호프가 이집트에 머물렀던 관계로 릴케는 그 땅에 대해 사전 준비를 잘 할 수 있었다. 이제 릴케는 직접 호화여객선 '위대한 람세스'를 타고 나일강을 따라 카이로에서 아스완 쪽으로 필라에 섬까지 갔다가 돌아왔다. 그 여정은 멤피스와 베니 수에프, 테베, 카르낙, 룩소르 그리고 콤 옴보를 거쳤다. 그리고 이제 그는, "둥근 요철 형태의 성벽으로 둘러싸인 채", "주변에는 평야와 무덤 외에는 아무것도 없"고, "죽은 자들로 진을 치고 있는 것 같은" 하얀 도시 케르앙에 대해서 보고하고 있고, "흰 첨탑과 초록빛 궁성 그리고 나일의 진흙으로 만든 외곽 도시들을 가지고 있는" 베니 수에프에 대해서, "연꽃 봉우리 모양의 기둥들이 서 있는 높은 주랑을 가진 룩소르 신전"에 대해서, 사막 빛을 받아 생기를 띠는 리비아의 산맥의 모습 또는 왕들의 계곡에 대해서 보고한다. 그리고 몇 년 후 그는 체험한 것, 즉 스핑크스를 바라보던 밤과 작은 범선을 타고 필라에 섬까지 갔던 여정을 시로 변화시키게 된다. 호르스트 날레브스키는 "릴케의 이집트"에 대한 자료들을, 릴케가 보았던 "무자비하게 커다란 이집트의 사물들"을 찍은 사진을 통해 보완했고, 릴케 삶의 기록이자 동시에 여행의 유혹으로 만들어놓았다.

1926년 12월 릴케는 한 여인에게 장미꽃을 꺾어주다가 장미 가시에 찔려 같은 달 29일 스위스 발몽에서 51세를 일기로 생을 마감했다. 릴케의 묘비명에는 그가 장미의 시인이었음을 알 수 있는 글이 새겨 있다.

"장미여, 오 순수한 모순이여
수많은 눈꺼풀 아래
누구의 잠도 아닌 즐거움이여."

엮은이 호르스트 날레브스키Horst Nalewski

독일문학과 음악학 전공. 프리드리히 횔덜린 연구로 박사학위를 취득했고, 릴케 연구로 대학교수 자격 취득. 베를린 훔볼트 대학 교수 역임. 국제적으로 명망 있는 릴케 연구자로서 다수의 릴케 관련 서적을 출간하였으며, 릴케 비평본의 공동편집자이기도 함.

옮긴이 정현규

서울대 독어독문학과에서 학사, 석사 학위를 받은 후 독일 베를린공과대학 독어독문학과에서 「괴테의 문학 작품에 나타난 베일 모티프 연구」로 박사학위를 받았다. 원광대 인문학연구소와 성신여대 인문과학연구소 전임연구원, 이화여대 HK교수를 거쳐, 현재 숙명여대 독일언어문화학과에 재직 중이다. 『웃는 암소들의 여름』, 『젊은 베르터의 고통』, 『조선, 1894년 여름』 등을 번역했다.

"수년이 지나서야 비로소 갈 수 있다 하더라도,
나는 지금 얼마나 깊숙이 이끌려 들어왔는지 모릅니다.
그것도 모든 것과 소통하는 데에 있어 말입니다."

—

클라라 릴케에게, 1907년 3월 18일

사진 제공

Agyptisches Museum, Leipzig / Bildarchiv Foto Marburg / Deutsches Literaturarchiv, Marbach / Francis Frith / Hirmer Verlag / Jurgen Liepe / Jochen Mol / Musee du Louvre, Paris / Rilke-Archiv, Gernsbach / Roger-Viollet, Paris / Henri Stierlin, Genf / Eberhard Thiem/ Horst Nalewski / Insel Verlag

원서에 미 포함된 사진 자료 제공 | Min, Byoung-il

차례

편지 · 시 · 메모

Briefe · Gedichte · Notizen

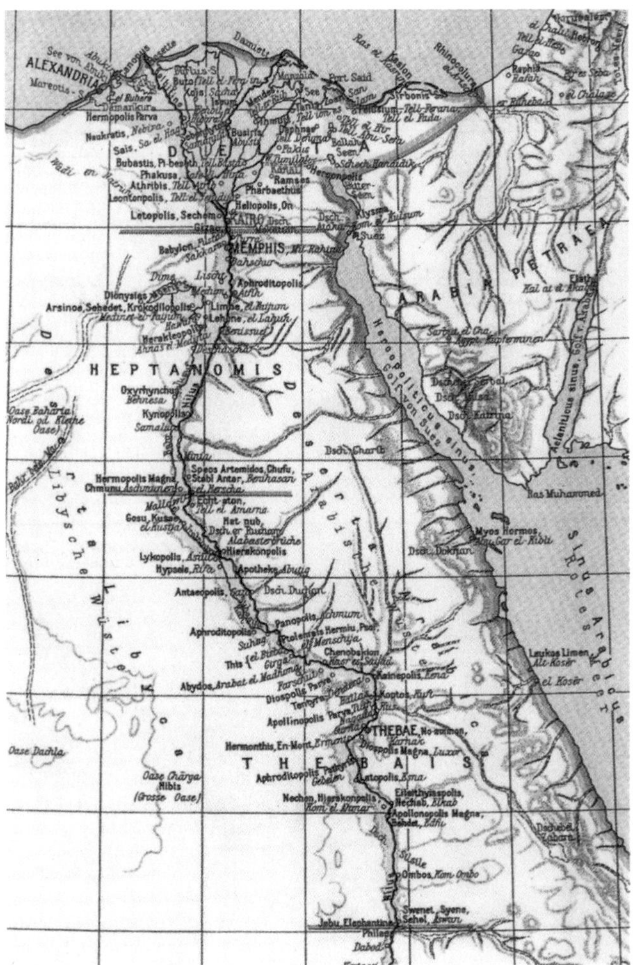

ALEXANDRIA
Mareotis-S.
Hermopolis Parva
Naukratis
Sais
Bubastis
Phakusa
Athribis
Leontopolis
Heliopolis, On
Letopolis
KAIRO
Babylon
MEMPHIS, Mit Rahina
Aphroditopolis
Dionysias
Arsinoe, Schedet, Krokodilopolis
Medinet el Fajum
Herakleopolis
Ahnas el-Medina
Port Said
Pelusium
Ramses
Pharbaethus
Suez
Heroopolitikus sinus
Golf von Suez
ARABIA PETRAEA
Elanitikus sinus, Golf v. Akaba
Ras Muhammed
HEPTANOMIS
Oxyrhynchus
Behnesa
Kynopolis
Samalut
Oase Baharia
Minia
Speos Artemidos, Chufu
Beni Hasan
Hermopolis Magna
Echt-aton
Tell el Amarna
Hat nub
Alabasterbrüche
Lykopolis
Hypsele
Apotheke
Antaeopolis
Panopolis, Achmim
Aphroditopolis
Ptolemaïs Hermiu
Chenoboskion
Abydos, Arabat el Madfuna
Diospolis Parva
Tentyra, Dendera
Kainepolis, Kena
Koptos, Kuft
Apollinopolis Parva
THEBAE
Karnak
Diospolis Magna, Luxor
Hermonthis, Erment
THEBAIS
Aphroditopolis
Latopolis, Esna
Nechen, Hierakonpolis
Eileithyiaspolis
Elkab
Apollonopolis Magna
Edfu
Ombos, Kom Ombo
Swenet, Syene
Assuan
Jebu, Elephantine
Philae
Dabod
Myos Hormos
Dsch. Dochan
Leukos Limen
Kosēr
el Kosēr
Sinus Arabicus
Rotes Meer
Arabische Wüste
Libysche Wüste
Oase Dachla
Oase Chārga
Hibis
(Grosse Oase)
Rhinocolura
Raphia
Gaza

고대의 이집트

◇

클라라 릴케에게 보내는 편지

눈을 들면 내 시선은 펼쳐진 지도에 가닿아요. 언제나 같은 지도에 말이지요. 이제 친숙해진 그 그림은 마치 계통수(樹)[1]처럼 보인답니다. 삶의 노년에 이르러 넓게 가지를 펼치고 뻗어나간 한 시조의 기나긴 삶을 나타내는 그런 계통수 말이에요. 기적을 행하는 이 강을 나는 기회 있을 때마다 반복해서 본답니다. 그럴 때마다 그 강이 내게 저 나라 신들의 이야기를 점점 더 많이 해주는 것 같습니다.

높은 곳에 위치한 호수의 마르지 않는 저장고에서

[1] 동·식물의 계통적 진화 관계나 시조부터 후손에 이르는 족보 관계를 나무 모양으로 나타낸 그림.

흘러나오는, 비밀에 가득 찬 결코 알려지지 않은 신성(神性)의 근원에 관해, 이 신성이 거쳐온 길고도 위풍당당하며 점차 넓어져가는 길과 이 도정에서 신성이 마주치는 모든 것들에게 행하는 언제나 같은 일에 관해, 그리고 마침내 이 신성이 조그만 가지들, 그러니까 더 작은 많은 신들로 나누어지고, 이 신들과 더불어 각각의 문화가 흐르다가 쇠하고 잊혀져버리는 것에 관해 말입니다.

커다란 『안드레 지도책』을 가져왔는데, 놀라울 정도로 통일성을 보여주는 이 한 장의 지도에 푹 빠져 들어갑니다. 나는 이 강이 보여주는 선의 흐름에 감탄을 금할 수 없습니다. 그것은 마치 로댕 식의 윤곽선처럼 불어나면서 변화된 움직임을 풍부하게 간직하고 있습니다. 그 움직임은 마치 두개골의 봉합선처럼 비껴가고 굴절을 이루며, 오른쪽과 왼쪽으로 수많은 작은 몸짓을 해보이고 있어요.

마치 무엇인가 나눠주면서 군중 속을 지나다가 저쪽에서 누군가를 보고 다른 쪽으로, 다시 자기를 필요로 하는 사람을 보고는 천천히 앞으로 움직이는 이처럼 말입니다. — 처음으로 나는 하나의 강을 이런 식으로, 말하자면 본질적이고, 의인화라 할 정도로 실재적으로 느끼고 있습니다.

이 강은 마치 어떤 운명, 즉 비밀에 쌓인 출생과 위대하고 내력 많은 죽음 그리고 그사이 자신과 가까이에 있던 모든 이들에게 수천 년 동안 할 일을 안겨주었던 제왕의 삶을 지닌 듯 느껴집니다. 그토록 거대하고, 요구하는 바가 많은, 극복하기 어려운 존재가 바로 이 강이었답니다. (그에 비하면 볼가 강은 얼마나 비개성적인가요. 아직 신이 여기저기에서 성장 중인 땅, 숭고하며 색다른 어떤 땅을 관류하여 흐르는 그저 크기만 한 길이었는지 모릅니다.)

하지만 내가 저 성스러운 마법사의 길을 좇아가다

가 태곳적 의미가 반영되어 있는 난해한 이름들을 지나치는 동안, 그 강이 지닌 명확성과 확실성의 정반대인 듯한 사막, 불확실하고 끝도 시작도 없으며 창조되지 않은 것 같은 존재로서 사막이 솟아오릅니다. 그것은 때로는 솟아 있고 도처에 존재하며 자신의 무(無)로 하늘을 파괴하는 광막한 공간이자, 서로를 지양하는 오래된 길들의 뒤얽힘이고, 울컥 내는 화처럼 예측할 수 없고 파악할 수 없으며 멈출 수 없는 바다랍니다. 그 썰물은 해저 밑바닥까지 물러나고 밀물은 별까지 이릅니다.

만약 누군가 바다를 보았다 하더라도, 또 평평한 땅에 비추인 하늘이나 옹벽 같은 산맥으로 땅이 떠받치고 있는 그 하늘의 한없는 현존에 익숙해졌다 하더라도, 무엇보다 만약 누군가 하나의 시원(始原)을 파악했다 하더라도, 아직 여전히 포괄되지 않은 마지막 하나, 즉 사막이 남습니다. 당신은 그 사막을 보게 될 거예요. 당신은 계속해서 팽창하고 있는 거대한 스핑크스의 몸체로부터 힘겹게 쳐들고 있는 머리를 보게 될 것입니다. 이 머리와 이 얼굴, 인간들이 자신들의 형상과 크기에 맞춰 시작한 이것들, 하지만 표정과 시선 그리고 지식은 말할 수 없이 천천히 완성되었고 그래서 우리의 얼굴과 아주 다른 머리와 얼굴을 말입니다.
우리는 내면으로부터 이미지들을 끄집어내고, 세계를 형성할 모든 계기를 포착하며, 우리 내면 주위에 사물을 차례로 세웁니다. 하지만 이곳에는 하나의 현실, 단지 돌일 뿐인 외적 형태에 외부에서 던져 넣어진 현실이 있었습니다. 수천 년간의 아침들, 바람의 민족, 수없이 많은 별들의 뜨고 짐 그리고 별자리들의 위대한 현존, 작열하는 하늘 그리고 이 하늘의 광활함은, 영향을 끼치는 동시에 이 얼굴의 심원한 무관심을 포기하지 않으면서

존재했고, 언제나 계속해서 존재했습니다. 이 얼굴이 보는 것처럼 여겨질 때까지, 이 얼굴이 정확히 이 이미지들을 보고 있다는 모든 징후를 보일 때까지, 이 모든 것이 담겨 있고 모든 것에 대한 계기와 즐거움과 고통이 담겨 있는 내면 쪽으로 얼굴을 향하는 것과 마찬가지로 이 얼굴이 들어올려질 때까지 말입니다.

그때, 그 얼굴이 모든 대립으로 가득 차고 자기 주변의 것들에 의해 형성된 바로 그 순간에 이미 주변의 것들을 넘어서는 표정이 그 얼굴에 나타났습니다. 이제 우주는 하나의 얼굴을 가진 것 같았습니다. 그리고 이 얼굴은 저 너머, 가장 바깥에 있는 별들 너머, 이제까지 이미지라곤 있어본 적 없는 저 먼 곳까지 이미지들을 투사합니다……. 말해봐요……. 사실 그렇지 않은가요? 맞아요. 끝없는 공간, 별들 뒤로 계속 뻗어가는 공간은 내가 보기에 이 상(像) 주위에서 생겨난 게 틀림없어요…….

카프리, 빌라 디스코폴리,
1907년 1월 20일, 일요일

◇

클라라 릴케에게 보내는 편지

당신의 메모는 아주 훌륭하고 확실하고 단호해요. 당신이 만일 여기서 나와 함께 그것을 다시 읽으면, 그처럼 많은 내용이 기록된 것에 놀랄 거예요. 그러면 상당수의 것들이 다른 것들을 보완하고 확장시키는 가운데 덧붙여질 거예요. 우리는 아마도 그 모든 것을 이용해, 이제까지 누구도 해보지 못했고 설명할 수도 없었던 이집트 여행을 구성해볼 수 있겠죠.

앞으로도 많은 인상들을 모으기만 해요. 보고식의 편지나 이해를 구하는 편지 같은 건 생각지 말아요. 재빠르게 무언가를 잡듯 이것 혹은 저것을 받아들이도록 해요. 빨리 지나가버리는 것, 인상들, 어떤 정황이 영향을 끼치며 당신 내부에서 순간만 머무르는, 문득 떠오르는 찰나의 깨달음들 말이에요. 우리의 시선이 이따금 집중함으로써 의미를 갖게 되는 모든 사소한 것 역시 그렇게 받아들여요. 이러한 것들 중에는, 스스로의 부차적인 성격에도 불구하고, 지속적으로 유효하고 완벽해지는 어떤 장소에서 발생하기 때문에 의미 있게 되는 사소한 것이 있답니다. 또 어떤 개인적인 통찰, 즉 같은 순간에 우리 내면에 나타나면서 저 이미지와 의미심장하게 겹치는 그러한 통찰을 위해 심오한 의미를 갖는 곳에서 발생하기 때문에 의미 있게 되는 사소한 것도 있고요.

바라본다는 것은, 우리가 그것에 대해 아는 것이 너무나 부족한 아주 불가사의한 것입니다. 우리는

사막 풍경

보는 것을 통해 철저히 바깥세상을 향합니다. 하지만 우리가 최대한 그렇게 하는 바로 그때 우리 내면에서는, 관찰되지 않는 것을 동경하며 기다려온 것들이 생겨나는 것처럼 보입니다. 그리고 훼손되지 않은 채 기이하게 그것들이 익명으로 우리 내면에서 우리 도움 없이 완성되는 동안, 저 밖의 대상 속에서는 그것들의 의미가 자라 나옵니다. 설득력 있고 강력하면서 유일하게 가능한 그것들의 이름이 말이죠. 이 이름 속에서 우리는 우리 내면에서 일어난 사건을, 그것에 스스로 도달하지는 못하면서 환희에 넘쳐 경건하게 인식합니다. 그것을 단지 아주 조용히, 아주 멀리서, 아직 낯설고 이미 다음 순간에 새로이 낯설어져버리는 사물의 표식 하에서 파악하면서 말입니다.

카프리, 빌라 디스코폴리,

1907년 3월 8일

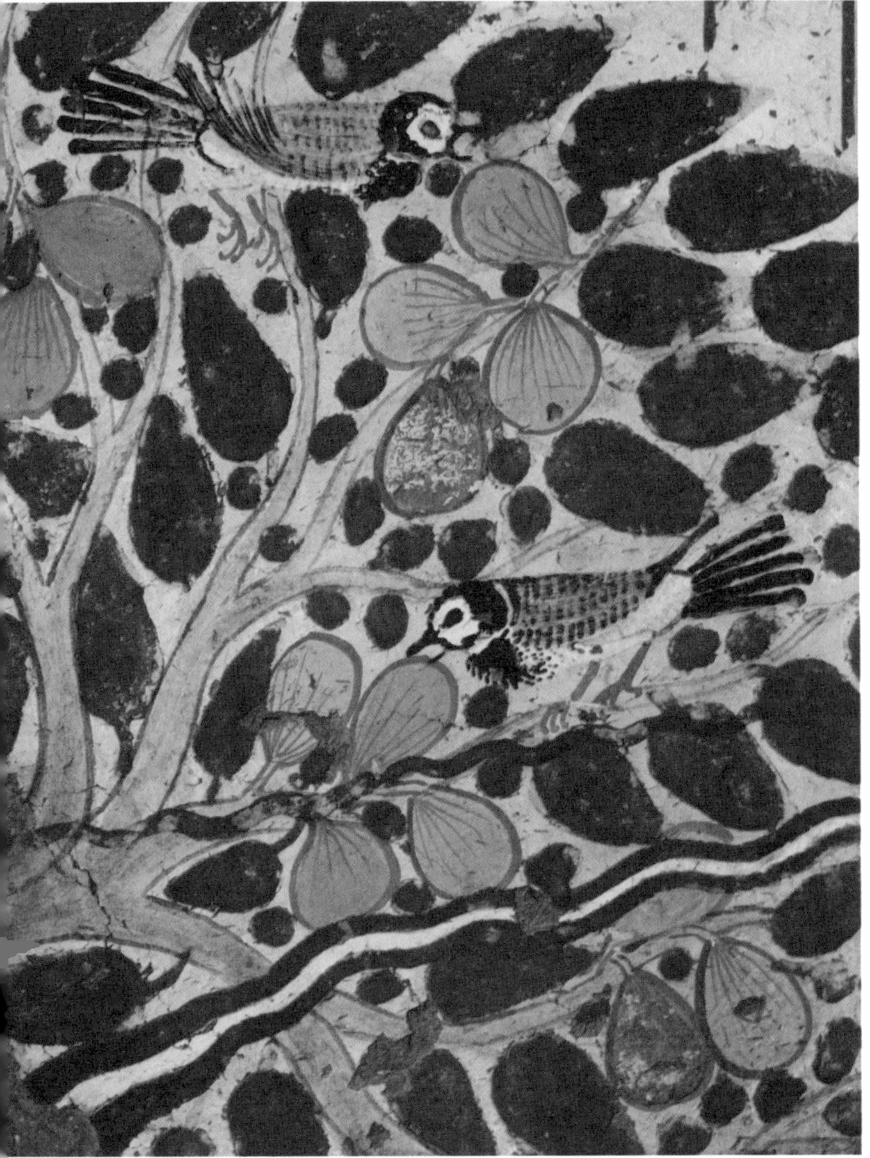

◇

클라라 릴케에게 보내는 편지

방금 칼 볼데의 사진 세 장과, 엽서 두 장이 들어 있는 당신의 사랑스런 편지가 동시에 도착했어요. 당신이 그처럼 헌신적으로 나와 공유하는 모든 것이 정말 고맙습니다. 내 생각에는 당신이 모든 것을 반으로 나눌 때 더 큰 쪽을 내게 주는 것 같아요. 바로 그만큼을 나는 당신의 편지 구절과 그림들을 통해 받는데, 특히 편지 구절에서 그렇답니다. 여기에 덧붙여 당신의 말을 직접 듣고 우리가 대화를 나누며 보충해간다면, 나는 기억할 만하고 기대에 찬 즐거움을 느낄 어떤 완성체를 가지게

나일 강 풍경

될 겁니다…….

숭고하게 들린 이 스핑크스의 머리가, 어마어마하게 오랫동안 현존해온 전체 시간을 지닌 채 공간 속으로 움직여 들어가는 것을 느끼는 것은 참으로 기이합니다. '기이하다'는 이 단어가 누군가에게 다시 단어 그 자체가 될 정도로 기이합니다. 계속해서 나는 이런 생각을 반복해야 한답니다. 새로운 기도서에 들어갈 한 단락을 위해, 기도서 안과 표지에 전체 크기의 형상을 세워놓기 위해, 이 얼마나 멋진 세계인가 하는 생각을 말입니다. 그리고 내게 이 모든 것이 얼마나 가까이 다가왔는지요. 수년이 지나서야 비로소 갈 수 있다 하더라도, 나는 지금 얼마나 깊숙이 이끌려 들어왔는지 모릅니다. 그것도 모든 것과 소통하는 데에 있어서 말입니다.

내가 『천일야화』에서 한 장(章)을 읽으면…… 내가

당신에게 들어 알고 있는 개별적 요소들은 독자적인 생명을 얻고, 구석에서 몸을 일으켜 서로에게 다가가서는 연관성을 형성해갑니다. 그 연관성은 사람들이 그 생명의 조건과 척도를 엄청나게 확장시키며 유기적으로 살아 있어 보입니다. 칼리프[2]의 무덤들은 최근에 엽서로 보는 것만으로 벌써 나를 놀라게 했습니다. 하지만 이번에 동봉된 엽서를 보고 지난번 인상이 믿을 수 없을 정도로 고양되었습니다. 뒷면에 있는 당신의 언급을 발견하기 전에 나는 이 조형적인 둥근 지붕, 이 위대한 조형물에서 과일이나 과일 씨앗 같은 것을 떠올렸습니다. 어떤 곳에서도 끊기지 않고, 한 군데도 약화되거나 소홀히 취급되지 않은 모양새를 지닌 궁극적 조형물의 형태를 말입니다.

그 무덤들에 관해 당신은 내게 많은 것을 설명해줘야 해요. 어떻게 해서 모든 것이 늘 다시 하나가

[2] 아랍어로 칼리파라고 하며, 의미는 '신의 사도의 대리인'이다. 예언자 무함마드의 뒤를 이어 이슬람 제국의 최고 통치자를 가리킨다.

되는 걸까요. 어떤 길이 위대한 것으로 향하게 되면, 사람들은 그것을 향해 가면서 어떻게 이미 알고 있는 다른 모든 것과 계속해서 재회하게 되는 걸까요. 마치 마지막에 한 무리의 신들이, 침묵을 지키면서 은밀한 유사성과 영원한 친화성을 지닌 채 거기 앉아 있는 것처럼 말입니다.

당신이 지금 그림을 많이 그릴 수 없다고 한 말을 나는 이해할 수 있습니다. 아니에요, 이해한다는 것이 어떻게 가능하겠어요. 당신은 당신 일을 가지고 있고, 모든 사람들과 씨름하며 적응해야 하는데 말입니다. 나는 걱정하지 않아요. 당신은 아주 적은 것만 가져와도 돼요. 여기에 당신이 그것을 펼쳐놓으면, 그때 존재하게 될 모든 것에 스스로도 놀랄 거예요. 그러니 그저 편안하고 온전하게 그리고 어떤 제한 없이 일상을 지속하면 돼요. 여기에선 몇 주가 너무 빨리 지나가버려 사람들이 보조를 맞추는 데 힘이 든답니다. 그러고 나면 당신은 어느새 이곳에 있게 되겠지요. 다가오는 것 때문에 불안해하지 말고, 아직 당신 주위의 것 속에, 그리고 무한한 과거와 더불어 당신의 현재로 들어오는 것 속에 머무르도록 해요. 나도 나 자신에 관해 설명하고픈 것들을 말로 할 수 있을 때까지 미루고 있답니다. [⋯]

카프리, 빌라 디스코폴리,
1907년 3월 18일, 월요일(오후)

카이로에 있는 칼리프의 무덤

◇

클라라 릴케에게 보내는 편지

거기엔 너무나도 많은 것이 있어서, 파울라 베커[3]의 아름다운 흉상에 대한 당신의 기쁨과 새로운 관심에 얼마나 내가 공감했는지 전하는 것도 잊어버렸답니다. 최근에 갑자기 그 흉상에 대해 집중적으로 생각하게 되었어요. 그리고 루브르 박물관의 2층 전시실에서 제18왕조 시대 왕의 사암흉상을 발견했을 때 그 흉상을 떠올렸습니다.

그 사암흉상은 자세나 전체의 연관 그리고 표현에 있어서 파울라 베커의 흉상과 놀라울 정도로 닮아 있었습니다. 그때 나는, 만일 그처럼 태곳적 인

[3] 1876~1907, 독일의 여성 화가로 초기 표현주의의 대표적 화가.

[4]고대 이집트 제18왕조의 왕으로 기원전 1379~1362년경 사이에 재위하였으며, 아케나톤 혹은 이크나톤이라고도 불린다.

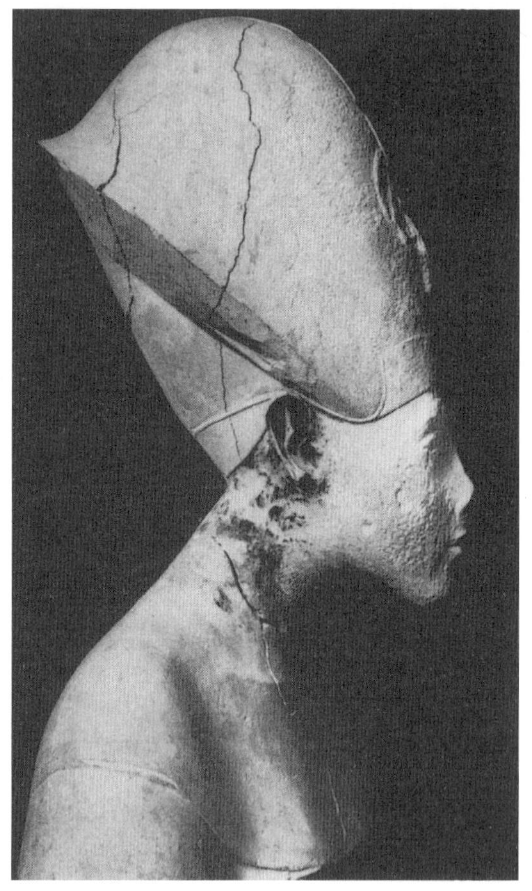

아메노피스 4세[4]

클라라 베스트호프, 〈파울라 베커의 흉상〉

상이 누군가에게 그러한 것을 불러올 수 있다면, 당신의 이전 작업 속에 분명히 많은 위대한 것들이 숨어 있으리라 생각했어요. 마치 사람들이 언급하는 하나의 사물이 거울에 비칠 경우, 사람들이 그 사물을 보지 않더라도 금방 그것을 떠올리는 것처럼 말입니다.

이것은 무한한 작업의 영역에서는 더할 나위 없는 첫 번째 기쁨이지요. 그러니까 아주 먼 과거의 사물을 그동안 적당한 자격을 지니게 된 사랑으로 포착해서 자기 곁에 둘 수 있도록, 누군가에게 이 사물이 재현되는 것 말입니다. 지나간 것이 마치 미래에서 오는 것처럼 돌아올 때, 즉 언젠가 완결된 것이 앞으로 완성될 것으로서 올 때 관계가 교정되기 시작합니다.

파리, 바렌느 가(街) 77번지,

1908년 9월 4일

◇

클라라 릴케에게 보내는 편지

오벨리스크 근처에 가면 (오벨리스크의 화강암 주위에는 언제나 금빛이 약간 도는 오래된 온기가 어른거려요. 상형문자가 새겨진 곳, 예를 들어 언제나 반복해서 나타나는 올빼미 속에는 고대 이집트의 어두운 푸른색이 마치 돌조개 속에 바짝 말라 있듯이 바래지 않은 채 남아 있습니다) 거의 알아볼 수 없을 정도로 경사 진 멋진 대로가 갑자기 흘러옵니다. 빠르고 풍성하게 그리고 마치 물결처럼 말이지요. 먼 옛날 힘차게 문을 부수고 저 뒤쪽 에투알 광장[5]의 개선문 바위벽까지 밀고 들어간 그 물결 말입니다.

[5] 지금의 샤를 드골 광장.

파리 4구역, 카세트 가(街) 29번지,

1907년 10월 17일

[6] 고대 이집트 제19왕조의 왕으로 기원전 1279~1213년 사이에 재위.

람세스 2세[6]의 오벨리스크
파리, 콩코드 광장

"[…] 하지만 사람들은 여기에 훨씬 더 오래 있어야만 하고,
나중에 많은 것을 보기 위해서는
보지 않아야만 합니다."

—

클라라 릴케에게 보내는 편지, 1911년 1월 18일

◇

클라라 릴케에게 보내는 편지

〔…〕 고마워요, 여보. 『천일야화』 전집은 아주 제때에 도착했어요. 지금까지는 모든 것이 불분명했답니다. 이제야 내가 다음 주 초 알제리에 있는 미슐레 가(街)의 생조르주 호텔에 있게 될 것이라는 사실이 확실해지고 있어요. 나는 튀니지를 지나 아마도 이집트까지 가게 될 아름다운 여행에 초대되었어요. 이 여행에 관해서는 그때그때 편지할게요.

최근에 파리가 내게 그저 편하기만 했다고 할 순 없지만, 그래도 여기를 떠나는 것이 아주 쉬운 일

케르앙[7]

[7] 튀니지의 도시.

케르앙의 이슬람 사원

은 아니에요. 바로 어려움을 통해 사람들은 계속해서 다시금 파리를 인식하게 되고, 난관을 통해 그처럼 강력하게 파리와 맺어진답니다. 하지만 이번에는 가능한 한 멀리 여행해야 한다는 것을 분명하게 느끼고 있어요. 내 작은 집을 열어둔 채 여기 남겨둔다는 게 아주 마음에 들어요. 책들은 거기에 있게 되겠지요.—사람들은 어떻게 다시 돌아오게 될까요?

파리, 바렌느 가(街) 77번지,

1910년 11월 18일

◇

클라라 릴케에게 보내는 편지

나는 하루 동안 "성스러운 도시" 케르앙으로 건너가 보았습니다. 이 도시는 이슬람에서 메카 다음으로 큰 순례지인데, 마호메트의 협력자 중 한 사람인 시디 오크바가 넓은 평야에 세운 곳으로, 여러 번 파괴되었지만 엄청나게 큰 이슬람 사원 주변으로 거듭해서 다시 세워졌지요.

사원 안에는, 히말라야삼나무 재질로 된 어두운색 천장을 떠받치고 하얗고 둥근 지붕을 지탱하기 위해서, 카르타고와 로마의 모든 해안가 식민지로부터 수백 개의 기둥이 도착해 있었습니다. 이 하야 지붕은 사람들이 사흘 전부터 소리치며 갈망해온 비가 내리는 하늘, 단지 이곳저곳이 조금 트인 잿빛 하늘을 배경으로 오늘 너무나 빛나게 서 있답니다. 이 평평하고 하얀 도시는 둥근 요철 형태의 성벽으로 둘러싸인 채 마치 환영처럼 서 있습니다. 주변에 평야와 무덤 외에는 아무것도 없는 이 도시는, 성벽 앞 도처에 산재해 있으면서 움직임이라곤 없이 점점 늘어가는 죽은 자들로 진을 치고 있는 것처럼 보인답니다.

사람들은 이곳에서 이 종교의 단순성과 생동감을 말할 수 없이 아름답게 느낍니다. 마호메트는 마치 어제 있었던 것 같고, 도시는 마치 그의 제국과 같습니다…….

케르앙,

1910년 12월 21일

멤피스. 람세스 2세의 화강암 입상

◇

클라라 릴케에게 보내는 편지

〔…〕 나일에서 보내는 첫날, 우리는 정오경부터 바드라신 앞에 있어요. 지금은 짙고 검푸른 어둠이 밀려와 있습니다. 오른쪽 연안, 그러니까 우리 건너편에는 헬완이 있음에 틀림없습니다. 사람들이 내게 거룻배들을 보여줍니다.

우리는 방금 갑판으로 돌아왔답니다. 우리는 야자수 숲 빈터를 가로질러 두 번 말을 타고 달렸어요. 그곳에는 거대한 람세스 상이 누워 있는데, 그 모습은 마치 충만한 공간 속에 오로지 세계 자체만이 그럴 수 있는 듯 혼자 누워 있습니다. 그러니까

물 나르는 여인들

나는 람세스를 보았고, 그것도 첫 번째로 보았습니다. 이 사실을 당신에게 곧바로 전하고 싶었어요.

람세스 대제, 바드라신, 1911년 1월 10일,

저녁 6시가 지나서

그때 그처럼 많은 제왕들의 존재가
그처럼 제후다운 결단으로 시작되었기 때문에
아직도 여전히 제국들이 계속 뒤따름에 틀림없다
화강암으로 된 바위의 이 중심 주변으로는
지금도 야자수 빈터에 누운 채
여전히 의미를 만들어내는 것을 멈추지 않는 그 중심 주변으로는

"나일에서, 1911년 1월 10일, 바드라신 상륙.
거대한 화강암 입상이 놓인 야자수 숲 빈터로 말을 탐."

곡식 재배지로 향하는 여인

◇

클라라 릴케에게 보내는 편지

오늘 우리는 아무 곳에도 정박하지 않을 거예요. 하지만 마치 우리가 그곳으로 향하기라도 한 것처럼 모든 것이 우리에게로 다가오는군요. 베니수에프는 커다란 도시로, 회교 사원의 희고 높은 첨탑과 초록빛 궁성 그리고 흙의 나라 속으로 사라져가는, 나일의 진흙으로 만들어진 외곽 도시들을 거느리고 있습니다. 반면 작은 마을들은 커다란 야자수와 콥트 식의 작은 수도원들, 채석장, 바람에 깎인 모습으로 나일 강가에서 갑자기 끝나는 산맥들 아래에 위치해 있어요.

그리고 물가의 삶이 지닌 갖가지 모습들이 우리 눈에 들어옵니다. 새들의 현존에서부터, 거대하고 축복받은 물가로 층 지어 하강하는, 갈색의 한 가지 색조로 이루어진 마을들의 단조로운 흐름까지 말이지요. 양치기와 상인들의 무리, 빠르게 쇄도하는 장례 행렬 그리고 무리를 짓지 않고 몸을 곧추세운 채 천천히 마을 밖으로 걸어 나오는 물 나르는 여인들의 모습과, 강 쪽에서 이들을 마주 보며 가고 있는 다른 여인들. 그리고 둥근 구릉의 꼭대기에서 갑자기 나타나 무엇을 기다리고 있는 육식조 한 마리도 보입니다.

낮은 서서히 사라질 채비를 갖추었고, 갑판 위는 서늘합니다. 색조는 오로지 한 가지 갈색의 변조인데, 이 갈색은 장밋빛으로 보이는 비밀을 간직하고 있답니다. 들판에 나 있는 줄무늬는 장식화처럼 녹색입니다. 그래서 사람들은 점차 인물들의 검은

색이나 푸른색을 색깔로서 실컷 누릴 줄 알게 되며, 드물게 나타나는 아주 작은 순수한 붉은색을 마치 보석처럼 다룰 줄 알게 된답니다.
오늘 저녁 우리는 미니아를 향해 가는데, 그곳에서 우리는 밤새 잠복한 채 기다릴 것입니다. […]

〈바드라신〉, 1911년 1월 11일, 수요일,
오후 4시경

◇

클라라 릴케에게 보내는 편지

우리는 사흘 동안 룩소르에 머무를 겁니다. 오늘이 이틀째였으니 아직 내일 하루가 통째로 남은 셈이지요. 하지만 사실 사람들은 여기에 훨씬 더 오래 있어야만 하고, 나중에 많은 것을 보기 위해서는 보지 않아야만 합니다. 우리가 진로를 잡고 있는 동쪽의 (아라비아) 연안에는, 연꽃 봉우리 모양의 기둥들이 서 있는 높은 주랑을 가진 룩소르 신전이 있어요.

여기서 삼십 분을 더 가면 카르낙의 이해할 수 없는 신전의 세계가 펼쳐지는데, 나는 이곳을 도착

람세스 2세의 입상, 룩소르

카르낙의 신전에 있는 연꽃 모양 기둥

한 날 저녁에 바로, 그리고 어제 다시 이제 막 기울기 시작한 달빛 아래서 보았고, 보았고, 또 보았습니다. — 하느님 맙소사, 사람들은 정신을 바짝 차린 채, 초점을 맞춘 두 눈을 믿고 싶어 하는 심정으로 바라봅니다. — 하지만 그것은 눈 위에서 시작되며 눈을 넘어 도처로 뻗어 나갑니다. (오로지 신만이 그러한 시야를 닦아놓을 수 있을 겁니다) — 그곳에는 잔 모양의 기둥 하나가 제 모습을 유지한 채 서 있답니다. 사람들은 그 기둥을 얼싸안지 못합니다. 그렇게 그 기둥은 사람들의 삶 저 너머에 서 있어요. 오직 밤이 되어야만 사람들은 가까스로 그것을 이해하게 됩니다. 그것을 별과 함께 전체적으로 받아들이는 거지요. 별들의 힘에 의해 그것은 잠깐 동안 인간적, 아니 인간적인 체험이 된답니다.

한번 생각해봐요. 나일 강의 두 지류와 곡식 재배

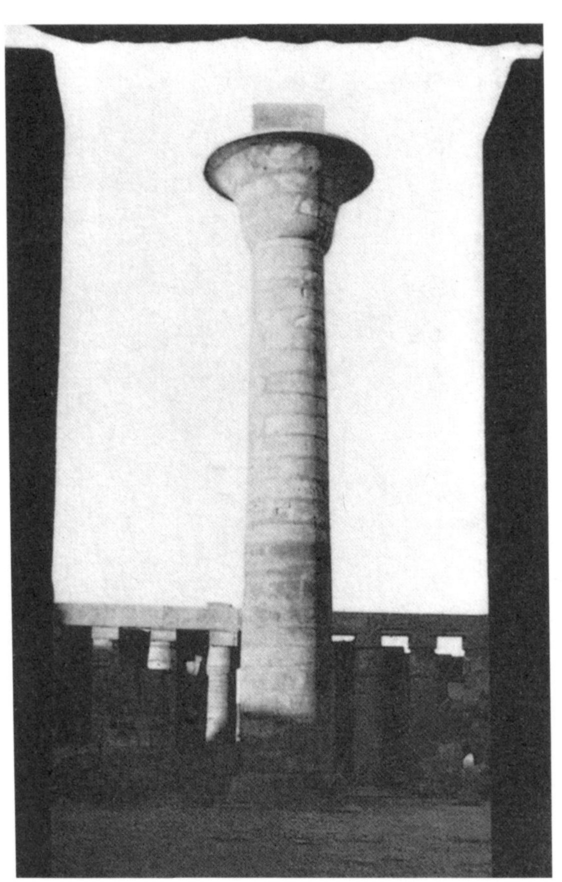

카르낙 신전, 타하르카의 기둥

왕들의 계곡, 무덤 입구, 테베

복종자와 함께 있는 람세스 6세, 카이로

지 너머 서쪽으로 리비아의 산맥이 사막 빛을 받아 생기를 띠며 이쪽을 향해 서 있는 모습을 말이에요. 우리는 오늘 왕들이 잠들어 있는 거대한 계곡을 통과해 말을 달렸어요. 각각의 왕은 무거운 산을 하나씩 지고 있는데, 산 위로는 마치 왕들을 억누르고 있는 힘 위에 존재하는 것처럼 해가 여전히 머물러 있습니다.

아니에요, 당신 편지를 떠올려보니 이곳에서 당신이 체험한 것에는 거의 빠진 것이 없었어요. 내가 당신이 체험한 것 이상을 볼 수는 없을 듯해요. 사카라의 야자수 빈터에 누워 있는 람세스를 보고 벌써 돌아가도 되겠다는 느낌을 가졌는걸요. 벌써 버거울 지경이랍니다.

그러니 균형을 잡기 위해서 아랍어를 열심히 배우고, 당나귀 위에서 불행하게 느껴야 합니다. 그리고 당신은 카이로 박물관을 보았잖아요. (사슬에

묶인 리비아 인과 함께 있는 람세스 6세 같은 것은 신전 어느 곳에도 없답니다.)

람세스 대제, 룩소르,
1911년 1월 18일

카이로에 있는 밥 추벨리 문

◇

안톤 키펜베르크[8]에게 보내는 편지

[8] 1874~1950, 독일의 유명한 출판가이자 괴테 수집가.

〔…〕 카이로는 세 가지 세계를 하나로 모아놓고 있습니다. 사람들은 그 모든 것을 어떻게 감당해야 할지 모릅니다. 가차 없이 넓게 펼쳐진 하나의 대도시가 있고, 불투명할 정도로 조밀한 아라비아의 전체 삶이 있으며, 그 뒤로는 이 무자비하게 커다란 이집트의 사물들, 사람들이 너무 깊이 관계를 맺어서는 안 되는 사물들이, 마치 양심이라도 되는 듯 경고하고 제지하면서 잇달아 서 있습니다.

더할 나위 없이 능력 많은 사람이라 하더라도 그

알 하야트 호텔, 헬완

사물들은 곧 감당하기 어려워질 것입니다. 게다가 나는 현재 뭔가 아주 열심히 할 수 있는 상태가 아닙니다. 비록 짐작하기로, 모든 것이 지나가버린 뒤 뒤늦게 상태가 완전히 회복되겠지만 말입니다. 여행은 지금까지 여러 가지 부당함과 결부되어 있었습니다. 다행스럽게도 나는 대부분의 부당함을 미리 알아챘고 그것에 침착하게 대응했습니다. 이제 나는 정말로 편안한 결말을 원할 뿐입니다. 한없이 흩어져 있는 체험이 일종의 내적 연관 상태로 한데 모이도록 말입니다. […]

카이로, 셰퍼드 호텔,
1911년 2월 10일

◇

칼 폰 데어 하이트[9]와 엘리자베트 폰 데어 하이트에게 보내는 편지

우리가 서로 만났다면 (그렇게 되지 않은 것은 참으로 애석한 일입니다) 당신들도 더 쉽게 이해할 수 있었을 겁니다. 내가 마침내 11월에 불확실한 여행 초대에 응했고, 그 이후로 아프리카를 두루두루 여행하게 되었다는 사실을 말입니다. 내가 수주일 동안 알제리에 있었고, 12월 초에는 비스크라에, 크리스마스경에는 튀니스에 있었다는 사실을 상상해보세요. (조금 전 케르앙에서 어떤 카바일 족의 미친 개 한 마리가 나를 물었습니다) 1월 초부터는 이집트 땅에 있게 되었는데, (유감스럽게도 요리사

[9] 1858~1922, 독일의 은행가.

1900년경의 카이로 전경

와 함께) 나일 강을 거슬러 아스완까지 올라갔습니다.

현재 나는 병으로 3주째 카이로에 있고, 지금까지 함께 여행한 동반자들과 좀 전에 헤어진 뒤 헬완으로 구출되어 왔습니다. 이곳에서 크놉스가 나를 친절하고 유쾌하게 맞아주어 약간이나마 회복될 수 있을 것 같습니다. 그토록 기대에 부풀었으면서도 온갖 사소한 곤경 때문에 바로 옆에서 놓쳐야만 했던 카이로도 어느 정도는 볼 수 있을지 모르겠습니다. 그 밖에도 많은 불행이 나를 덮쳤습니다. 내가 지금 행복하다거나, 평상시 내 천성처럼 유쾌하고 강인하며 단호하게 관찰할 수 있는 상태에 있다고 말할 수는 없습니다.

어쨌거나 당신들은 내가 오리엔트를 얼마나 갈망했는지 알고 계시지요. 이제 그것이 내게 어떤 식으로든 성취되었습니다. 엄청난 사실들의 침전물들이 어제와 내일 사이에 쌓여왔습니다. 질서는 없습니다. 전혀 없지요. 하지만 이제 나는 물길이 갈라지는 지점에 와 있으니, 아마도 모든 것을 떠나 저 아래쪽 새로운 방향으로 떠내려가는 일 외에는 아무것도 할 수 없을 것 같습니다.

마호메트의 신(아마도 가장 잘 응용될 수 있을 것 같은 이 신)을 느껴본 것, 그리고 이슬람 사원이나 시장에서 혹은 저 바깥에 있는 꾸미지 않은 우주 공간 도처에서 이 사람들과 함께 인간으로 노력해보는 것, 또는 지구 표면 자체, 순수한 별인 지구 위 어딘가에 손을 놓아보는 것은 해볼 만한 가치가 있는 일입니다. 오 신이시여, 제가 거의 언제나 몹시 놀라 어쩔 줄 모르는 인간이었음에도 불구하고 많은 것을, 새로운 질서를 가지고 갈 것 같은 예감이 듭니다.

카이로 근교의 헬완,

알 하야트, 1911년 2월 25일

◇

마리 탁시스[10]에게 보내는 편지

[10] 1855~1934, 백작녀로 릴케의 〈두이노의 비가〉에 영감을 준 두이노 성의 소유주.

〔…〕 참 어려운 시간이었습니다. 어찌 됐건, 들어보지도 못한 새로운 것, 즉 내가 원했으며 사실상 내가 필요로 하기도 했던 그처럼 많은 새로운 것들이 이 시기에 일어났습니다. 세계가 옛날과 지금 사이에 쌓인 채 놓여 있습니다. 세계로 만들어진 산 말입니다. 그리고 이 산이 — 아주 분개할 일이겠지만 — 아무것도 산출할 수 없다 할지라도 그것은 하나의 경계입니다. 하나의 분수령이지요. 〔…〕

카이로 근교의 헬완, 알 하야트 호텔,

1911년 2월 27일

나일 강변의 물 나르는 사람들

◇

알렉산더 폰 투른-탁시스[11]에게 보내는 편지

[11] 1851~1939, 마리 탁시스의 남편.

아마도 이렇게 말할 수 있을 것 같군요. 나에게 중요한 것은 많은 즐거움이 내 눈을 통해서 지나갔다는 점이라고 말입니다. 나는 내적으로 너무 느리기 때문에, 내가 무엇을 챙겨 가는지 그리고 그로부터 일종의 질서와 새로운 삶을 만들어낼 수 있을지 모르겠습니다. 내가 아는 것이라고는, 얼마간 자신 속에 침잠해 살고 있는 이 나라들을 사람들이 더 이상 아주 정확한 목적,—아니 이렇게 말하는 것이 더 좋을 듯한데— 뚜렷한 이유 없이 여행해서는 안 된다는 점뿐입니다.

사람들은 토착민을 대할 때 무위도식자가 되어버립니다. 소수의 사람들이 여행했을 당시에 있었던 호기심, 일종의 섬세함이자 거의 전문가적인 것이라고 해도 좋을 호기심은 이제 속된 것이 되어버렸습니다. 그것이 더 이상 진정성을 지니지 않고 애쓰는 태도를 상실한 다음부터는 말이지요. 사람들은 내내 일종의 잘못된 상황과 싸우고 있고, 마지막에는 어딘가를 바라볼 권리를 스스로 박탈해버립니다. 사람들은 무분별하게 현지인들의 도움이나 수고를 받아들이고 싶어 하고 안정을 위해 그렇게 행하려고 합니다.

내가 보기에, 예전에 개별적으로 힘들여 여행하던 사람들이야말로 바로 오리엔트적인 것을 마주 대하는 일이 가능합니다. 이처럼 무겁고 자신 안에 사로잡혀 있으며 공들여진 세계를, 보호받는 한가로운 관람객으로서 대하는 것은 그로테스크한 일

입니다. 〔…〕

알 하야트 호텔, 헬완(카이로),
1911년 2월 28일

◇

칼 폰 하이트에게 보내는 편지

〔…〕 그처럼 자연스럽고 현실적인 인간적 행복은 정말로 수없이 많은 측면, 아니 어느 정도는 모든 측면을 가지고 있습니다. 예를 들어 훌륭한 조각이 그러하듯 말입니다.

당신도 이해하시겠지만, 훌륭한 조각에 빗대어 모든 것을 처리하는 것은 나라는 사람과 아주 잘 어울리는 일입니다. 하지만 사실 이 박물관은 기껏해야 조각에 바치는 제막식 정도에 불과합니다. 이처럼 말할 수 없이 먼 과거의 왕조 체제에서 완성된 것과, 모든 것이 그 형태 속에서 얼마나 환희에

아메노피스 3세[12]와 티이 왕비

[12] 기원전 1388~1351년경 재위한 제18왕조 시대의 파라오. 룩소르 신전과 같은 웅장한 건축물을 세움.

앉아 있는 서기

찬 느낌을 가지며 영원히 스스로를 인식하고 한없이 보상받는지는 아직 들어보지 못한 것입니다. 발전이라고요? 아닙니다, 우리는 비교해서는 안 됩니다. 이 예술들의 가장 외적인 측면을 위해서도 아마 완전히 응축된 어떤 대상이 항상 필수적이긴 할 겁니다. 왕이나 신처럼 말입니다. 똑바로 선 채 눈에 띄는 존재, 여러 세기를 지나도록 하등의 의구심이 들지 않는 존재, 하나의 등 안에 든 불빛이 그렇듯 내부의 왕만이 바뀔 뿐 외부 윤곽은 소실되지 않는 확실한 형상 말이지요. 흘러가버리거나 흔들리는 상태, 동행하기를 원하는 상태에 이미 빠져 있는 우리의 조각이, 결국 잔류하고 진정된 채 모든 움직임을 넘어서 있는 결정적인 형상으로 존재하기를 바랄까 봐 두렵습니다.—도대체 그것은 어떤 형상일까요? 우리가 그것을 그러한 형상으로 만들 수 있을까요?

잘 생각해보면 지금까지 조각에서 거듭 사용되어 온 모티프는 아주 적은 수에 지나지 않습니다. 서 있거나 왕좌에 앉아 있는 신, 성큼성큼 걷고 있는 왕, 쪼그려 앉은 서기, 부처 그리고 관 위에 누워 있는 자 등처럼 말입니다. (…)

알 하야트 호텔, 헬완(카이로),
1911년 3월 24일

"우리도 순수하며 절제되고 좁다란 어떤 인간적인 것,
강과 바위 사이의 재배지에 있는
우리의 밭이랑 한 줄기를 발견한다면"

—

〈두이노의 비가〉

제2비가, 1912년 1월/2월

콘수 신[13]의 조각상

[13] 고대 이집트의 달의 신으로서 태양신인 아문의 아들.

그리고 가득한 장식으로부터
목덜미가 천천히 뺨 쪽으로 향해 가는 곳에서,
꽉 찬 시선이 담긴 그 얼굴은
젊은이의 땋은 머리의 다산성을 밝혀준다.

1911년 초, 파리("호루스 신 혹은 젊은 왕")

보라, 신은 내 쪽으로 결정했다.
신으로부터 하나의 길이 돌진해온다.
그리고 이제 그는 내 쪽으로 준마들을 잡아챈다.
그리고 그 말들은 모든 하늘을 가로지른다.

1911년 초여름, 파리

◇

루돌프 카스너[14]에게 보내는 편지

[14] 1873~1959, 오스트리아의 작가이자 번역가.

이 책(R. 카스너의 『인간적 위대함의 요소들』)이 내게 어떻게 작용하는지 당신에게 말할 필요는 없을 것입니다. 이 책은 내가 계속 나아가고 싶어 하는 바로 그 지점에서 나를 훨씬 능가합니다. 이 책을 읽는 것은 마치 내 책을 읽는 것처럼 행복했고, 그것을 읽고 또 읽는 것은 나에게 대단한 설득력을 가질 것입니다. 당신은 점점 더 많은 확실성을 이끌어내고, 우리 중 어느 누구도 할 수 없을 정도로 위대한 것들과 순수하게 소통합니다. "절도"에 관한 장은 너무도 훌륭합니다. 이집트에 관한 기억

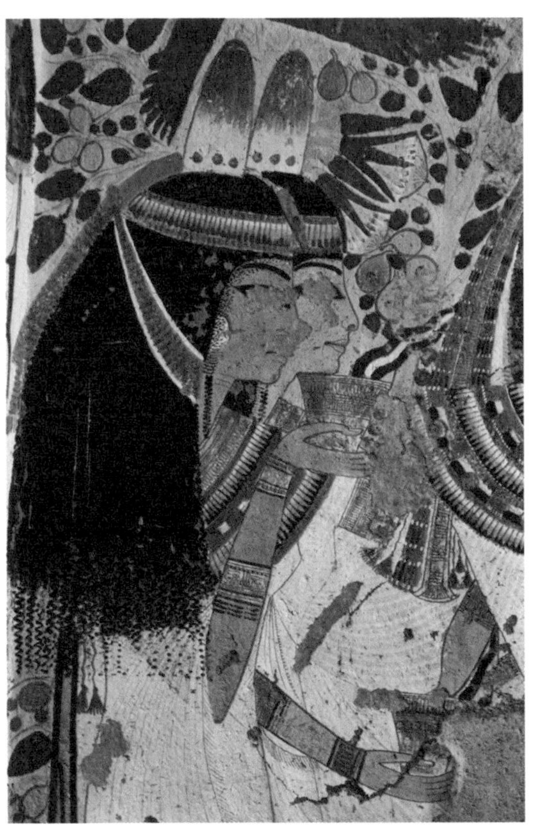

은, 이 부분을 더할 나위 없이 동의하면서 들여다 보도록 나를 제대로 준비시켰습니다.

나로 말씀드리자면, 새로운 성과를 내거나 행복해지기 위해 이루어야 할 삶의 전환을 아직도 이루지 못하고 있습니다. 언젠가 카이로에서 나는 당신의 경구를 수첩에 적어두었습니다. "내적 진실에서 위대함에 이르는 길은 희생을 통과해 간다" — (기억에 의존해서 썼기 때문에 문장이 정확한지는 모르겠습니다) — 아마도 그럴 것 같습니다. 하지만 어떤 방식으로 그렇게 될까요? […]

파리, 바렌느 가(街) 77번지,

1911년 6월 16일

◇

안톤 키펜베르크에게 보내는 편지

"대화"를 적어놓은 것에 대해 나는 존경하는 당신의 부인에게 수없이 감사하는 바입니다. 대화를 떠올릴 때보다 다시 읽을 때 나는 훨씬 아름답다고 느낍니다. 게다가 대화는 그녀의 글씨체에 담겨 있고, 그대로 나의 이집트 주석에 덧붙여집니다. [⋯]

그랜드 호텔 콘티넨탈, 뮌헨,

1911년 9월 22일

◇

카타리나 키펜베르크에게 보내는 편지

[15]1873~1956, 프리드리히 빌헬름 폰 비싱을 말함. 독일의 이집트 학자.

친애하고 자비로운 부인, 당신의 작업에 대한 직접적인 보상으로 저는 이것을 당장 써야겠습니다. 십중팔구 에르만은 틀렸습니다. 영혼은 소멸해가지 않습니다. 저는 방금 비싱 남작[15]과 멋진 대화를 나누고 오는 길입니다. 때마침 폰 비싱 씨가 바로 이 문제와 씨름하고 있었습니다. (생각해보십시오) ―그의 견해는 대략 영혼이 다음과 같이 요구한다는 것입니다. "네가 정말로 죽을 때까지 기다려라. 기다려라, 그러면 나는 너의 행복에 속하는, 필요한 경의를 표하겠노라."

그랜드 호텔 콘티넨탈, 뮌헨,

1911년 9월 23일

영혼과 육체의 결합

◇

삶에 지친 한 사람이 자신의 영혼과 나누는 대화

그때 나는 내 영혼이 말한 것에 대답하기 위해 영혼을 향해 말문을 열었습니다. 내 영혼이 나와 의견이 일치하지 않는 것은 나로서는 참을 수 없는 일입니다. 정말이지 그건 정도를 넘어선 거지요! 그것은 나를 곤경에 처하도록 놔둔다는 말입니다. 내 영혼은 가버려서는 안 됩니다. 내 영혼은 내 옆에 머물러야 하지요. (…) 진정한 동지란 시련을 당할 때 도망치지 않는 법이니까요! 보세요, 내가 죽음에 자연적으로 이르기도 전에 나의 몸을 죽음으로 끌고 가 불 속에 던져 태워버리려고 할 때,

내 영혼이 자기 말에 귀 기울이지 않는다고 나를 공격하고 있습니다. [⋯] 시련을 당할 때 내 영혼이 내 가까이 있어주었으면, 저 세계에 서 있어주었으면 [⋯] 내 영혼아, 삶에 지친 자를 설득하고자 하는 것, 그리고 내가 죽음에 도달하기 전에 죽음으로부터 나를 멀리 떨어뜨려놓으려는 것은 바보 같은 짓이야. 죽음이란 정말로 불행을 의미하는 것일까? 죽음은 마치 나무가 쓰러지는 것처럼 삶의 전환점일 따름이야. 비참한 자가 아직 살아 있는 동안 적대적인 것을 짓밟도록 하려무나. [⋯] 내 육체의 가장 비밀스러운 것을 위해서라면 나는 어떤 신에게라도 귀의하고 싶구나.

그러자 나의 영혼이 내게 말했습니다. 너는 고귀한 인간이 아니란 말이냐? 너는 도대체 무엇을 하고 싶은 거냐? 너는 네가 마치 보물을 잔뜩 지닌 부자라도 되는 것처럼 네가 묻히는 일에 신경 쓰고 있구나.

나는 이렇게 말했습니다. 나는 저 세상이라는 문제가 해명될 때까지는 이 세상에서 떠날 수 없어. 도둑은 너 같은 건 신경도 안 쓰고 끌고 가버려. 어떤 악한은 이렇게 말해. "네가 죽을 운명이기 때문에 나는 너를 끌고 간다. 하지만 너의 이름은 살아남는다." 저 세상은 사람들이 정착하는 곳이며, 마음을 이끄는 곳이야. 서쪽 나라는 사람들이 향해 가는 고향이지. 만약 나의 영혼인 네가 죄 없는 나에게 귀를 기울인다면, 그리고 내 마음이 나와 동의한다면 너는 복을 받을 거야. 피라미드에 살고 있고 그가 매장될 때 뒤에 남겨진 어떤 사람이 그렇게 했던 것처럼, 나는 내 영혼인 네가 서쪽 나라에 도달하도록 할 거야. 나는 네 주검 위에 그늘을 만들어 네가 무기력한 자의 영혼보다 다른 영혼을 동정하도록 할 것이다. 내가 그늘을 만들어

육체가 파괴되지 않게 해달라고 요청하는 죽은 자

주면 쾌적하고 시원하게 되어, 더워 어쩔 줄 모르는 다른 영혼을 너는 동정하게 될 거야. 나는 물이 있는 곳에서 물을 마실 것이며 그늘이 나타나게 할 테니, 너는 궁핍하게 사는 다른 영혼을 동정할 거야. 하지만 네가 나를 이런 방식으로 죽음으로부터 저지하면, 서쪽 나라에서 네가 정착할 장소를 찾지 못할 거야. 나의 영혼, 나의 형제여, 죽은 자에게 바치는 제물을 희사하고 땅 밑에 잠잘 곳을 마련하기 위해 장례일에 무덤 곁에 서 있을 나의 상속인이 올 때까지 친절을 베풀도록 해.

그러자 나의 영혼이 내가 한 말에 대답하기 위해 입을 열었습니다. 네가 매장을 떠올리다니 불쾌하군. 그것은 사람들이 울도록 하기 위해 눈물을 짜내는 것을 의미할 따름이야. 그것은 인간을 그의 집에서 데리고 나가 사막에 파묻는 것을 의미하지. 너는 태양빛을 보기 위해서 결코 지상세계로 올라올 수 없을 거야. 화강암 속이나 피라미드 옆에 지어진 희생 제물상, 가장 아름다운 작품 중에 아름다운 작품인 그들의 제물상은, 그것을 만든 주인이 신이 되자마자 마치 상속자라곤 하나도 없이 제방 위의 길에서 죽은 유약한 자들의 제물상처럼 비어버려. 물은 자신의 몫을 취했고, 햇볕 역시 그랬지. 물고기들이나 물 언저리에 찰랑대며 그들에게 말을 걸 뿐이야. 그러니 내 말을 들어. 왜냐하면 사람들이 귀를 기울일 때 상황이 좋아지는 법이니까. 즐거움에 몸을 맡기고 근심은 잊어버려! 어떤 젊은 사람이 자신의 토지를 경작하고 수확한 것을 배의 화물 창고에 실어. 그는 자신의 축제가 가까이 다가오자 배를 출항시키지. 그런데 폭풍우가 치는 밤이 다가오는 것을 알아차리고는 해가 질 때 정신을 바짝 차리고 배에서 아내와 함께 빠져나와. 하지만 그의 아이들은, 밤이면 악어가

들끓는 강물 속으로 가라앉고 말지. 마지막에 그는 주저앉아서 다시 기운을 차린 후 이렇게 말해. "나는 저 여자 때문에 우는 게 아니야. 그녀 역시 지상의 어떤 다른 여인과 마찬가지로 서쪽 나라에서 다시 돌아올 수 없긴 하지만 말이지. 나는 피지도 못하고 시들어버린 그녀의 아이들, 떠오르는 악어의 모습을 보며 죽어간 아이들 때문에 슬픔에 사로잡혀 있는 거야." 이 남자가 먹을 것을 요청하자, 그의 아내가 말해. "저녁에 먹을 것밖에 없어요." 그는 밖으로 나가 한동안 실컷 욕을 쏟아부어. 그러고 나서 그는 집으로 돌아오는데, 전혀 다른 사람이 되어 있어. 그의 아내는 비록 그가 그녀의 말에 귀 기울이지 않고, 훌륭한 충고도 받아들이지 않지만 그를 이해하지.

그때 나는 내 영혼이 제시한 것에 대답하기 위해 입을 열었습니다. 이것 봐, 내 이름은 너 때문에,

고기 잡는 무더운 날의 생선통보다 더 더러워질 거야. 물새들이 살고 있는 갈대숲의 새들이 내는 악취보다 더 심한 냄새를 풍기게 되겠지. 내 이름은 너 때문에, 어부의 냄새나 어부가 고기를 다 잡아버린 늪지의 냄새보다 더 지독해질 거야. 내 이름은 너 때문에 악어의 악취, 아니 그 정도가 아니라 악어가 사는 곳에 앉아 있는 것보다 더 심해질 거야. 너 때문에 내 이름은, 한 남자로 인해 거짓 풍문이 떠도는 한 여자보다 더 치욕스러워질 거야. 내 이름은 너 때문에, 바람난 남자를 상대한 여자가 낳은 아이라는 소문이 도는 착한 아이의 처지보다 더 형편없어질 거야. 너 때문에 내 이름은, 도덕적으로 위태로운 도시, 모반을 꾀하지만 배후가 드러나는 도시의 이름처럼 더러워질 거야. 그러니 나는 누구에게 얘기해야 하는 거지? 동료들은 형편없고, 오늘날 친구들은 사랑하는 마음이라곤 전혀 없어. 지금 이 시점에 내가 누구에게 얘길 해야 하는 거지? 사람들의 마음은 탐욕스러워서 모두가 이웃의 재산을 훔쳐. 온순한 사람은 망하고, 뻔뻔한 자는 누구에게나 다가갈 권리를 가지고 있지. 오늘날 내가 누구에게 말을 걸어야 하지? 만족하고 있는 것처럼 보이는 사람은 형편없는 작자고, 선한 것은 어디서나 바닥에 나뒹굴지. 오늘날 나는 누구와 얘길 해야 하지? 자신이 타락한 것 때문에 화를 내는 자는, 얼마나 심각하든 자신이 부끄럽게 여긴 것 때문에 온 세상의 조롱거리가 돼. 오늘날 난 누구에게 얘길 해야 하지? 약탈이 자행되고, 모두가 이웃의 재산을 훔치고 있어. 오늘날 난 누구에게 얘길 해야 하는 거야? 악한이 신뢰를 얻은 사람이 되고, 함께 사는 동료는 적이 되었어. 오늘날 나는 누구에게 말해야 하지? 사람들은 더 이상 어제를 생각하지 않아. 이제 사람들은 지

죽은 여인이 저 세상의 신선한 물을 마시고 있다

난날 좋은 일을 한 사람에게 하등의 선의도 보이지 않아. 오늘날 나는 누구와 얘기해야 하지? 동료들은 형편없어. 대신 사람들은 마음이 옳다고 느끼는 대로 낯선 사람에게서 피난처를 찾지. 그러니 오늘 나는 누구와 얘기해야 하지? 얼굴을 보이지 않고 사람들은 모두 동료들 앞에서 시선을 바닥에 내리깔아. 난 누구와 얘기해야 하지? 마음은 탐욕스럽고, 사람들이 의지하는 자는 누구도 마음을 가지고 있지 않아. 난 도대체 누구와 얘기해야 해? 더 이상 진실한 것은 없어. 온 땅은 악한들에게 넘어갔어. 오늘날 나는 누구와 얘기해야 하지? 믿을 만한 가치가 있는 사람이 없어. 사람들은 모르는 사람을 찾아가 불평을 늘어놔. 난 오늘 누구와 얘기해야 하지? 더 이상 만족하는 사람은 없고, 교제하던 사람은 존재하지 않아. 오늘날 난 누구와 얘기해야 할까? 불의가 온 나라를 덮치고, 불의의 끝은 보이지 않아.

죽음이 오늘 내 눈앞에 서 있어. 마치 사고를 당해 누워 있다가 외출하듯, 병든 자가 건강하게 되는 거야. 죽음이 몰약[16]의 향기처럼, 마치 바람 부는 날 햇빛을 가리는 차양 아래 앉아 있는 것처럼 오늘 내 눈앞에 서 있어. 죽음이 비가 그치는 것처럼, 마치 한 남자가 전장에서 집으로 돌아오는 것처럼 내 눈앞에 서 있어. 죽음이 마치 구름이 걷히는 하늘처럼 내 눈앞에 서 있지……. 한 남자가 수 년 동안 포로로 사로잡혀 있다가 자신의 고향을 다시 보기를 갈망하는 것처럼 오늘 죽음이 내 눈앞에 서 있어.

맹세컨대, 저 세상에 있는 자는 살아 있는 신이 될 것이며, 죄를 범한 자는 그 죄가 그를 벌할 거야. 저 세상에 있는 자는 정말로 태양의 배에 타게 될 것이며, 거기서 가장 정선된 것을 여러 신전에 나

16 향료나 약용으로 쓰이는 근동(近東)산 수지.

줘주는 일을 하게 될 거야. 저승에 있는 자는, 태양의 신과 얘기를 나누고 싶으면 언제라도 그를 부르는 것이 허락된 현자가 될 거야.

그러자 내 영혼이 내게 말했습니다. 내 친족, 내 형제여, 이제 탄식은 그만둬라. 번제를 올리는 상에 너를 올려놓으면 너는 네가 말하는 것과 같은 삶을 얻게 될 거야. 내가 죽음의 나라를 거부해서 네가 여기 머무르든지, 네가 정말로 죽음에 나라에 도달해서 네 육체가 땅으로 돌아가든지, 어쨌거나 네가 떠나가고 나면 나는 영원히 네 무덤에 자리를 잡을 거야. 그러고 나서 우리 함께 최후의 고향을 가지도록 하자…….

기원전 2154~1991년경,
제1중간기에 생성된 것으로 추정
베를린 파피루스 3024
프리드리히 빌헬름 폰 비싱 번역

이집트 박물관 정문, 카이로

필라에 섬

◇

문인에 관하여

예전에 어떤 아름다운 비유를 통해, 존재하고 있는 것 속에서의 문인의 상황, 즉 문인의 "의미"가 내게 제시된 적이 있었다. 그것은 커다란 범선 위에서였는데, 필라에 섬으로부터 우리는 그 범선을 타고 길게 뻗어 있는 댐 시설 쪽으로 건너갔다. 우선 범선이 강을 거슬러 올라갔기 때문에 노 젓는 사람들은 고생을 해야 했다. 그들은 모두 나의 건너편에 자리를 잡고 있었는데, 내 기억이 맞다면 그들은 열여섯 명이었다. 한 줄에 네 명씩으로 오른쪽 노에 두 명, 왼쪽 노에 두 명이 있었다. 이들은 가끔 이 사람 저 사람과 눈을 마주쳤다. 하지만 대개 그들의 눈은 아무것도 응시하지 않고 있었다. 그들의 눈은 허공을 향해 열려 있거나, 아니면 그 눈은 이 청년들의 강철 같은 몸이 둘러싸고 있는 뜨거운 내면이 분출되는 장소일 뿐이었다. 그럼에도 불구하고 이들 중 누군가는 가끔 고개를 들다가 스스로에 대해 골똘히 생각하고 있던 다른 사람을 놀라게 했다. 그는 마치 이처럼 낯설고 위장된 현상이 수수께끼가 풀리듯 명료해지는 어떤 상황을 상상하고 있는 것처럼 보였다. 하지만 사람들에게 그런 모습이 발견되면 거의 곧바로 그는 공들여 심오해진 표정을 잃어버렸고, 한순간 그의 모든 감정이 한꺼번에 동요했으며, 재빨리 정신을 가다듬고는 주의 깊은 동물의 시선을 한 상태가 되었다. 그리하여 결국은 그의 얼굴이 지닌 아름다운 진지함은 무의식적으로, 팁을 받은 멍청한 얼굴로 변해갔고, 팁에 대한 감사의 표시로 아무렇게나 몸을 흐트러뜨려 스스로를 경멸하는 바보 같은 태도를 취했다. 하지만 오래전부터 여행자들로 하여금 양심의 가책을 느끼게 하는 이런 자기 비하에는 대개 그에 상응하는 복수 같은 것도 동반되었다. 어떤 식이었느냐 하면, 그는 대개 낯선 사람들 너머로 심술궂은 증오의 시선을 쏘아 올리는 일을 멈추지 않았는데, 이 시선은 그가 피안에서 발견했음에 틀림없는 동의에 의해 빛나고 있었다. 나는 배 뒷부분에 웅크리고 있는 그 노인을 벌써 여러 번 관찰했다. 그의 손과 발은 너무나도 다정하게 가지런히 모아져 있었으며, 그 사이에는 방향타 역할을 하는 막대가 조종되거나 들어 올려지며 이리저리 움직였는데, 그의 몰골은 다음과 같았다.

물이 범람한 필라에 섬에 있는 오시리스 신전

다 떨어지고 지저분한 옷을 걸친 몸은 말할 것도 없고, 낡아빠진 터번 아래의 얼굴은 접이식 망원경이 밀어 넣어진 듯했는데, 그 얼굴이 너무나도 평평해서 눈이 쏟아져 나올 것 같았다. 그 안에 무엇이 숨겨져 있는지 신만이 알 것이다. 그는 마치 누군가를 그와 반대의 것으로 변화시킬 수 있는 듯 보였다. 나는 기꺼이 그를 자세히 주시하려 했다. 하지만 내가 몸을 돌렸을 때 그는 내 귀만큼이나 가까운 거리에 있었다. 그리고 그처럼 지척에서 그를 살펴본다는 것은 내가 보기엔 너무 눈에 띄는 행동이었다. 게다가 우리 쪽으로 드넓게 밀려오는 강, 즉 우리가 밀고 들어간 아름답고도 지속되는 미래의 공간이 보여주는 장관이 끊임없이 주의를 기울일 만했고 마음을 편안하게 해주었기에, 나는 그 노인을 포기했다. 그 대신 나는 점점 기쁜 마음으로, 격렬하고 전심전력을 다하면서도 질서를 잃지 않는 소년들의 움직임을 보는 법을 익히게 되었다. 이제 노를 젓는 것이 너무나 힘찬 동작을 요구했기 때문에, 커다란 노의 끝부분을 잡고 있는 소년들은 노를 저을 준비를 할 때마다 자리에서 완전히 몸을 들어 올리고, 한쪽 다리를 앞자리에 받친 채 몸을 힘차게 뒤로 젖혔다. 그동안 여덟 개의 노깃은 물 아래에서 제 할 일을 해냈다. 노를 저으면서 이들은 박자를 맞추기 위해 일종의 숫자를 내뱉듯 외쳤는데, 계속해서 이들이 하는 일이 숫자 세는 것을 요구했기 때문에 다른 목소리는 전혀 들리지 않았다. 가끔은 휴식 시간도 그렇게 그냥 넘겨야 했다. 그런데 때로는 우리 모두가 아주 특이하다고 느꼈던, 예기치 못한 소리가 끼어들어 소년들이 리듬을 맞추는 데 도움을 주었다. 뿐만 아니라 사람들도 알아차렸듯이, 그 소리는 동시에 소년들 안에 있는 힘의 방향을 바꿔 그들이 아직 소모되지 않은 자리에 있는 새 힘을 가볍게 쓸 수 있게 만들어주었다. 그것은 마치 배가 고파 사과에 달려들어 열심히 먹던 아이가, 자신이 쥔 부분이 아직 껍질째 남아 있다는 것을 발견하고는 환한 모습으로 다시 먹기 시작하는 모습과 똑같은 것이었다.

이제 더 이상 나는 저 위의 남자에 대해 침묵할 수 없다. 그 남자는 우리 배 앞쪽의 오른쪽 가장자리 부근에 앉아 있었다. 마침내 나는 그가 막 노래를 부르려 하면 그것을 미리 느낄 수 있으리라 생각했다. 하지만 내가 착각했을 수도 있다. 그는 갑자기 노래를 부르기 시작했는데 아주 불규칙적인 간격이었으며, 항상 소년들의 힘이 다 빠졌을 때만 노래를 부른 것도 아니었다. 아니 오히려 반대였다. 모두가 그의 노래를 노련하다거나 제 흥에 겨운 것이라고 느낀 일이 한두 번이 아니었다. 하지만 그런데도 그의 노래는 적당했다. 그것은 아주 잘 들어맞았다. 노 젓는 소년들의 상태가 얼마나 충분히 그에게 전달되었는지 나는 모르겠다. 모든 사람들은 그의 뒤에 있었다. 그는 드물게만 뒤를 돌아보았는데, 그에게 어떤 인상을 남길 만한 것은 없었다. 그에게 영향을 끼치는 것처럼 보인 것은 순수한 움직임, 그의 감정 속에서 그의 앞에 펼쳐져 있는 먼 곳의 경치와 만나고 있는 순수한 움직임이었다. 반은 결연하고 반은 우울하게 그는 그 경치에 자신을 내맡기고 있었다. 그의 내면에서는 앞을 향해 나아가는 우리 배의 추진력과 우리에게 맞서 다가오는 것의 힘이 지속적으로 균형을 이루었다.—때때로 두 힘 사이에 불균형이 생기면 그때서야 그는 노래를 불렀다. 배는 저항해오는 힘을 극복했다. 하지만 마술사와 같은 그는, 극복할 수 없는 것은 떠도는 듯한 일련의 긴 음조, 이쪽이

나 저쪽 어느 곳에도 속하지 않고 누구나 자기 것이라고 요구할 수 있는 그러한 음조로 바꾸어놓았다. 그의 주변에 있는 사람들이, 손에 잡힐 듯 지척에 있는 것들과 교류하고 또 그것을 극복하고 있었던 반면, 그의 목소리는 가장 멀리 있는 것과 관계를 유지하면서 그것이 우리를 끌어당길 때까지 우리를 그것과 연결시켜주고 있었다.

그러한 일이 어떻게 일어났는지 나는 모르겠다. 그러나 불현듯 이 모습에서 나는 시인의 상황과 그의 자리 그리고 시간 속에서 그가 끼치는 영향을 이해했다. 그리고 이 자리 외의 모든 자리를 놓고 우리가 그와 차분히 경쟁을 벌여도 상관없다는 점도 이해했다. 그러나 저 자리에서라면 우리는 그의 존재를 견뎌야만 할 것이다.

두이노, 1912년 2월 초

◇

루 안드레아스 살로메[17]에게 보내는 편지

[17] 1861~1937, 러시아-독일계 가문 출신으로 작가이자 정신분석가. 프리드리히 니체, 지그문트 프로이트 그리고 릴케와 같은 당대의 명사들과 교류를 나누며 창조적 영감을 부여한 인물.

내가 지난겨울 알제리, 튀니스 그리고 이집트에 있었다는 사실을 알아요? 유감스럽게도 적절하지 못한 내면적 상황 때문에 안정된 자세를 잃어버려, 나는 결국 자제력을 잃어버린 말이 내팽개친, 그리고 때때로 안장의 등자에 매달린 채 딸려갈 수밖에 없는 상황에 놓인 그런 사람으로 함께 오게 되었어요. 그것은 옳은 일이 아니었습니다. 하지만 그래도 오리엔트가 약간은 내게 전달되었습니다. 게다가 나일 강의 배 위에서 나는 아라비아적인 것을 받아들였습니다. 그리고 너무나도 혼란스러운 상태에서 이곳에 왔음에도 불구하고 카이로에 있는 박물관은 그래도 내 안에서 무언가를 빚어낸 것 같습니다. 〔…〕

아우리시나 근교의 두이노 성, 오스트리아 해안가,
1911년 12월 28일

우리도 찾아낼 수 있으련만, 순수하고 절제되고 좁다란

어떤 인간적인 것을, 강과 바위 지대 사이에 있는

우리의 한 줄기 옥토를.

1912년 1월/2월, 두이노,
〈두이노의 비가〉, 제2비가

나일 강, 비옥한 땅, 바위 무덤들

꽃피고 싶은 유혹이 부드러운 밤공기처럼
그들 젊은 입과 눈꺼풀을 쓰다듬을 때,
행동하고 싶은 충동이 너무도 강력히 솟아올라
이미 몸을 일으켜 충만한 마음으로 불타오르는 사람은 드물다.
아마도 영웅은, 그리고 일찍 죽을 운명을 타고난 자들은 그러하리라.
정원사와 같은 죽음은 이들의 혈관을 다른 식으로 비틀어놓는다.
이들은 앞으로 내닫는다. 자신들의 미소보다 앞서 나간다, 마치 카르낙 신전에 부드럽게 음각으로 새겨진 그림들 속에서
마차를 끄는 말들이, 개선하는 왕보다 앞서 달리듯.

1913년 1월/2월, 론다,
〈두이노의 비가〉, 제6비가

말이 끄는 왕의 전차

◇

루 안드레아스 살로메에게 보내는 편지

베를린을 이곳저곳 여행하다가 일요일에 새로 발견된 아메노피스 두상을 봤어요. 그건 하나의 기적이었답니다. 나중에 당신에게 설명해줄게요. 라이프치히에서 그곳의 이집트 학자인 슈타인도르프 교수와 많은 얘기를 나눴어요. 언젠가 발굴탐험을 하게 될 때 누비아 사막까지 그와 (키펜베르크 부부도 함께) 동행할 가능성에 대해서도 말이지요. (그렇게 되면 당신도 함께 가야 해요.)

발트해 해수욕장 하일리겐담, 메클렌부르크. 그랜드 호텔,
1913년 8월 1일

아메노피스 4세의 석고마스크

◇

메히틸데 리히노프스키[18]에게 보내는 편지

[18] 1879~1958, 독일의 여성 작가.

〔…〕 그러고 나서 전혀 그럴 것 같지 않은 어떤 상자에서 갑자기 베를린에 있는 아메노피스의 석고상이, 사전 예고 없이 즉각 현현했습니다. — 후작 부인이시여, 이틀 후 나는 베를린에 있는 박물관에서 그 원초적 사물 앞에 서 있었습니다. 이것입니다. 내가 그곳에서 보는 도중에 수첩에 적어놓은 것을 편지에 쓰면서 (그렇게 할 때 그것은 가장 직접적입니다), 내가 당신에게 보고해야 하는 것은 다름이 아니라 바로 이것입니다. 이렇게 편지를 쓰는 것이 아마도 당신에게 그 찬란한 존재를 일시적으로나마 불러올지도 모르겠군요. 〔…〕

하일리겐담, 1913년 8월 11일

아메노피스 4세의 기둥 입상

마치 꽃이 갓 피어난 초원이
약간은 과도한 성장을 통해
비탈진 언덕으로 하여금 계절의 느낌에 동참하도록 하듯이,
바람을 알도록, 온화하게 느끼도록,
산이 위태롭게 비탈진 모습에 거의 행복해하도록 만들듯이,
그렇게 얼굴은 만개한 채 부드럽게 풍화해가면서
이 두개골의 전면부에 깃들어 있다.
마치 포도 재배지의 경사처럼 비탈져 내려가면서
빛나는 것을 마주하고 우주와 한편이 되는 그 전면부에.

마치 도토리가 깍정이 속에 들어앉아 있듯, 이 그릇처럼 담는 것 같은 머리에 위로부터 왕관이 얹혀 있었다. 머리는 왕관의 일부분이었으며, 이들은 함께

불가분의 것인 지배권, 혹은 하늘이 익혀놓은 왕이라는 과실을 형성하고 있었다. (너무나도 가볍게 과일의 핵 위에 얹힌 얼굴, 비스듬하고 무거운 돌 위에 있는 해시계의 눈금보다 더 크지 않다. 소리 없이 흘러내리는 얼굴, 오 포도 재배지여, 두개골의 경사면, 넓고 아주 낮은 이마, 그 위의 첫 번째 주름에는 벌써 왕관이 자리를 차지하고 있다. 날개처럼 좌우로 펼쳐진, 정신적이고 섬세한 귀. 정신적 포도주의 바커스. 얼굴의 구성 조건들은 사용과 일치해서, 그 조건들은 아무 부가 요소 없이도 스스로 가장 순수한 표현이 되었다. 입의 단호함. 땅에서 돌아나가면서 하늘을 돋보이게 하는 여신처럼 아랫입술 위에 위치한 윗입술. 앞으로 풍만하게 튀어나온 아랫입술 위에 받쳐져 있는 윗입술의 순수한 곡선. 입이 상세히 묘사된 데 반해, 얼굴 윗부분의 용모와 평평한 눈, 큰 바탕의 눈의 홍채는 가볍게 새겨져 있다. 코는 순수하게 감각적이면서 양쪽으로 따로 선 콧날개를 가지고, 아래와 위를 연결시키는 역할을 하고 있다.) (메모)

1913년 7월 30일 하일리겐담으로 추정

◇

막다 폰 하팅엔베르크[19]에게 보내는 편지

친구여, 베를린의 이집트 박물관 중앙부에 채광을 위해 설치해놓은 안뜰에 있는 아메노피스 4세의 머리를 보십시오(이 왕에 대해 나는 당신에게 설명할 것이 많습니다). 그 얼굴에서 무한한 세계를 마주한다는 것이 무엇을 뜻하는 것인지 느껴보십시오. 그리고 그처럼 제한된 면적 속에서 몇몇 윤곽들이 고양됨으로써 지니게 된 질서를 통해, 온전한 모습에 이르기 위한 평형을 이룬다는 것이 무엇을 뜻하는지 느껴보시기 바랍니다. 별이 빛나는 밤과 같은 법칙, 그와 같은 위대함과 심오함 그리고 상

19 1883~1959, 오스트리아 태생의 여성 피아니스트로 이탈리아 작곡가 겸 피아니스트 부조니 문하에서 수학함.

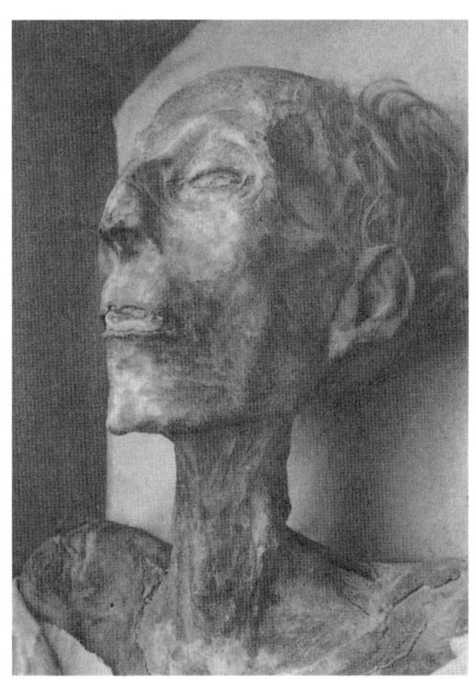

람세스 2세의 미라 머리, 카이로

상 불가능성이 만개(滿開)한 것을 이 외모에서 발견하기 위해, 우리는 그 밤으로부터 몸을 돌릴 수도 있지 않을까요?

파리, 캄파냐 프레미레 가(街) 17번지,

1914년 2월 1일

◇

젊은 문인에 관하여

〔…〕 나는 모르겠다. 계산된 것이 증가하더라도 그것이 모든 예측을 뛰어넘는 것들의 저장품들을 이제껏 한 번도 건드린 적 없는 세상에서, 완전히 기적 같은 일이 없다고 부정하는 일이 어떻게 가능한지 말이다. 신들이 우리를 웃음거리로 만들 기회를 그냥 넘기지 않았다는 것은 사실이다. 그들은 우리로 하여금 위대한 이집트 왕들을 발견하게 했으며, 우리는 그들을 자연스럽게 부패한 상태로, 그들에게 남아 있는 것은 아무것도 없는 모습으로 볼 수 있었다. 건축물과 회화에서 보여준 모든 대

부장품, 람세스 4세의 우셰브티[20]

[20] 고대 이집트에서 죽은 사람과 함께 묘실(墓室)에 부장(副葬)한 작은 인형. 이전엔 샤와브티(shawabti)라고 불렸으나, 나중에 고대 이집트 말로 '대답하는 자'를 의미하는 우셰브티(혹은 우샤브티)가 일반화되었다. 그 역할은 저승에서 오시리스 신(神)이 명하는 노동을 죽은 사람 대신 하는 것이며, 대부분 나무·돌 또는 도기로 만들어졌고 드물게 청동제도 있었다.

단한 업적은 아무것도 아닌 것이 되었다. 향유를 만드는 부엌에서는 증기가 솟아올라 하늘이 활짝 개인 적이 없었다. 지하에 안장된 무리는 아마도 진흙으로 만든 빵과, 부장된 여인을 건드리지 않은 듯했다. 극히 순수하고도 아주 강력한 얼마나 많은 상상들이, 여기에서 (그리고 또 항상) 그 상상력이 적용되었던 알 수 없는 존재들에 의해 거부되고 거절되었던가를 생각하는 사람이라면, 어찌 위대한 우리의 미래 때문에 더욱 몸을 떨지 않을 수 있겠는가? 그러나 만약 자신 외부의 어떤 곳, 세상의 어느 장소에서 최종적인 확실함이 생겨난다면, 인간의 마음이란 도대체 무엇일까에 대해서도 곰곰 생각해보는 것이 좋을 것이다. 또한 인간의 마음이 수천 년에 걸쳐 자라난 긴장을 어떻게 단번에 잃어버리며, 비록 그 마음이 여전히 사람들의 칭찬을 받는 자리이긴 하지만, 옛날에 그 자리

가 어떠했는지에 대해서나 사람들이 비밀리에 얘기하는 그런 자리로 어떻게 전락했는가에 대해서도 말이다. 왜냐하면 정말로 신들의 위대함도 신들의 곤궁과 관련되어 있기 때문이다. 그 곤궁이란, 인간들이 신들에게 어떤 종류의 주거지를 배려한다 하더라도 신들은 우리 마음속 외에는 어디서도 안전한 곳이 없다는 점이다. 그들은 자주 잠에서 깨어나 아직 분명하지 않은 계획을 가지고 우리 마음으로 뛰어든다. 그곳으로 그들은 진지하게 충고하며 모여든다. 거기서 그들의 결정은 멈출 수 없게 된다.

만약 여기 내 곁에서, 갑자기 마음이 어두워진 한 젊은이의 내면에서 신이 의식된다면, 모든 실망, 불만족에 빠져 있는 그 모든 묘지 그리고 알맹이 없는 모든 신전은 뭐라 말하려 할까?

1913년 늦가을 파리로 추정

기제 근처에 있는 케프렌 왕의 스핑크스

◇

막다 폰 하팅베르크에게 보내는 편지

나는 그러한 사물들을 접하면서 보는 법을 배웠습니다. 그리고 나중에 그러한 것들이 이집트에서 가장 고유한 본질적 모습으로 내 앞에 수없이 나타났을 때, 그것들에 대한 통찰이 마치 파도처럼 덮쳐 와서, 나는 거의 온 밤을 커다란 스핑크스 아래에 누워 있었습니다. 마치 내 모든 삶으로부터 그 스핑크스 앞에 내던져진 것처럼 말입니다. 아시겠습니까? 그것을 나는 아직 음악으로 만들지 못했습니다. 하지만 그 소리는 알고 있습니다. 그리고 그때 가장 특이한 소리들 중 하나가 몰려

왔습니다. 내가 당신에게 그것을 설명해야 할까요? 당신은 아셔야 합니다. 그곳에서 혼자 있는 것은 어려운 일이라는 점을 말이지요. 그곳은 완전히 공공장소가 되어버렸습니다. 가장 별 볼일 없는 이방인들도 떼를 지어 이끌려 다닌답니다.—하지만 나는 저녁식사를 걸렀습니다. 아라비아인들조차도 멀리 불 주위에 앉아 있었습니다. 그들 중 한 사람이 내가 오는 것을 보았는데, 나는 오렌지 두 개를 사주고 그를 떼어버렸습니다. 게다가 어둠이 내가 보이지 않도록 지켜주었습니다.

나는 사막 저 바깥에서 어둠이 오기를 기다렸습니다. 그러고서 스핑크스의 등 뒤로 다가갔습니다. 나는 석양 속에서 강렬하게 빛나고 있는 가장 가까이 있는 피라미드 뒤에 벌써 달이 솟아오르고 있음에 틀림없다고 생각했습니다. 왜냐하면 그것은 보름달이었기 때문입니다. 내가 마침내 피라미드를 돌아서 갔을 때, 달은 벌써 하늘 위로 아주 높이 솟았을 뿐 아니라 끝도 없이 펼쳐진 풍경 위로 빛을 폭포수처럼 쏟아붓고 있었기에, 암석의 파편더미와 발굴 구덩이들 사이에서 내 갈 길을 찾기 위해 손을 펴 달빛을 가려야만 했습니다.

스핑크스의 허리 아랫부분은 모래 표면 위로, 그렇게 의미 있다고는 할 수 없을 만큼 솟아올라 있습니다. 왜냐하면 첫 번째 발굴 이래로 스핑크스는 벌써 몇 번씩이나 모래바람에 뒤덮여버렸기 때문이지요. 그래서 사람들은 이제는 스핑크스의 전면을 앞발까지만 발굴된 상태로 해놓아, 거기서 깎인 바닥이 마치 반쪽짜리 분화구 속에서처럼 스핑크스 쪽으로 내려앉아 있는 것에 만족해하고 있었습니다.

이 비스듬한 비탈, 즉 거대한 형상의 건너편에 나는 자리를 하나 찾아 외투로 몸을 감싸고, 놀라워

하며 이름 없이 참여하면서 누웠습니다. 나의 현존이 모든 가치를 잃어버린 그날 밤처럼 나의 현존이 그렇게 완벽히 내게 의식된 적이 언제 있었는지 모르겠습니다. 이 모든 것과 비교할 때 나의 현존이란 무엇이었단 말입니까? 나의 현존이 전개되던 수준은 어둠 속으로 밀려났고, 세계이면서 동시에 현존인 모든 것이 더 높은 무대, 즉 하나의 천체와 하나의 신이 침묵하며 마주한 채 머무르는 그러한 무대 위에서 진행되었습니다.

당신도 이것을 체험했다는 것을 기억하게 될 것입니다. 하나의 풍경과 바다, 광대하게 별이 총총한 하늘을 바라보는 것이, 아마도 우리가 못 본 채 그냥 지나칠 수 없는 연관과 이해에 대한 확신을 우리에게 부여한다는 점을 말입니다. 바로 이것이 내가 가장 높은 차원에서 경험한 것이었습니다. 수천 년간 무시할 만한 약간의 쇠락 외에는 일어난

스핑크스

적 없는, 하늘로 향해 있던 하나의 형상이, 이 높은 차원에서 몸을 일으켜 세웠습니다. 그리고 이 사물이 인간의 특징(우리가 내적으로 알고 있는 사람 얼굴의 특징)을 띠고 있었다는 점과, 자신의 숭고한 위치에서 이 특징들로 충분했다는 점은 이제까지 들어본 적이 없던 일이었습니다.

아, 친애하는 친구여, 나는 나 자신에게 말했습니다. 이것, 우리가 번갈아가며 운명과 우리 자신의 손에 맡기는 이것은, 만약 그것의 형태가 그런 환경 속에서 유지될 수 있다면 틀림없이 위대한 것을 의미할 가능성이 있다고 말입니다. 이 얼굴 표정은 우주 공간의 관습을 받아들였습니다. 그의 시선과 웃음을 보여주는 몇몇 부분들은 파괴되었습니다. 하지만 천체가 떠오르고 지는 것은 그에게 지속적인 감정을 각인시켜놓았습니다.

때때로 나는 눈을 감았고, 심장이 고동치고 있음

에도 불구하고 내가 이것을 충분히 느끼지 못하고 있다고 비난했습니다. 내가 이제까지 있어본 적 없는, 내 놀라움의 자리와 마주치게 된 것이 틀림없지 않을까요? 나는 나 자신에게 말했습니다. 사람들이 너의 눈을 가린 채 이리로 데려와서, 너를 여기 깊고 바람이 거의 불지 않는 싸늘한 곳에 비스듬히 눕혀놓았다고 생각해보라.—네가 어디 있는지 모른 채 이제 막 눈을 뜬다면……. 그리고 내가 정말 눈을 떴을 때, 하나님 맙소사,—한참이 걸려서야 내 눈은 저 존재를 견뎌낼 수 있게 되었고, 그것을 파악하게 되었으며, 달빛과 그로 인해 생긴 그림자가 다양한 표현을 해놓은 저 입과 뺨, 이마를 받아들일 수 있게 되었습니다.

내 눈이 몇 차례나 이 섬세한 뺨을 훑어갔던지, 그 뺨은 저 위쪽으로 느긋하게 마무리되어갔습니다. 마치 그 공간에 여기 우리 사이에서보다 더 많은 자리를 위한 공간이 있다는 듯 말이지요. 그리고 그것을 다시 관찰했을 때 나는 기대하지 않았던 방식으로 신뢰감을 갖게 되었고, 그것을 알게 되었으며, 그 완결성이 주는 가장 완벽한 느낌 속에서 경험하게 되었습니다. 나는 잠시 후에야 무슨 일이 일어났는지 파악했습니다. 생각해보십시오. 바로 이런 일이 일어났습니다. 스핑크스의 머리에 있는 돌출된 왕의 두건 뒷부분에서 올빼미 한 마리가 날아올라, 아주 살짝 들릴 정도로 부드럽게 밤의 순수한 심원을 비행하며 천천히 스핑크스의 얼굴을 쓰다듬었던 것입니다. 그리고 몇 시간 동안 밤의 정적으로 민감해진 내 청각에—마치 기적이라도 일어난 듯—저 뺨의 윤곽이 새겨졌습니다.

몇몇의 예외를 빼면 지금까지 나의 음악이 그러했습니다. 다른 음악이 대사원에서 내 곁에 머물지 않고 똑바로 신에게 나아갈 경우 나는 대개 두려워했습니다. ―그런데 고대 제국에서 음악이 (사람들은 그렇게 추측합니다) 금지되어 있었다는 얘기를 이집트에서 듣고 그것을 이해하게 되었습니다. 음악은 오로지 신 앞에 바쳐져야 했던 것입니다. 오직 그를 위해서만 말이지요. 마치 신만이 억제할 수 없는 음악의 감미로움과 유혹을 참아낼 수 있다는 듯, 마치 음악이 모든 열등한 자에게는 치명적이라는 듯 말입니다.

파리, 캄파뉴 1가(街) 17번지,
1914년 2월 1일

상류사회의 부인들

◇

'사람들은 죽어야 한다, 그 여인들을 안다는 이유 때문에'

('프리세 파피루스'. 프타호텝의 어록에서, 기원전 2천 년경의 필사본)

'사람들은 죽어야 한다, 그 여인들을 안다는 이유 때문에' 죽어야 한다
말할 수 없이 만개한 웃음으로 인해. 죽어야 한다
그녀들의 가벼운 손으로 인해. 죽어야 한다
여인들로 인해.

치명적인 여인들이 젊은이의
심장이 있는 곳을 지나 높이 서성이면,
젊은이여 그녀들을 노래하라. 자신의 꽃피는 가슴으로

젊은이여 그녀들을 노래로 찬미하라:
도달할 수 없는 여인들이여! 아, 그녀들은 얼마나 낯선가.
그의 감정이 도달할 수 있는
꼭대기 위에서 그녀들이 나와 쏟아붓는다.
황량한 계곡인 그의 팔 안으로,
감미롭게 변화한 밤을. 그의 몸이
지닌 잎에서 그녀들이 상승할 때 바람이 쏴쏴 소리를 낸다. 그의
시냇물들은 반짝이며 사라져간다.

하지만 그 남자,
동요된 남자여 침묵하라. 길도 없이
자신의 감정의 산에서
밤에 길을 잃은 자여,
침묵하라.

마치 나이 많은 뱃사공이 침묵하듯,
그리고 극복된
놀라움이 마치 떨고 있는 새장 안에서처럼 그의 내면에서 놀듯.

프타호텝, 기원전 2675년경 고제국의 고위재상. "만약 네가 출입하는 집에서 우정을 쌓기를 원한다면, 여자들에게 다가가지 않도록 조심하라. 여자들이 머무르는 곳은 좋지 않다……. 수천 명의 남자들이 파멸되었다. 왜냐하면 [?] 그들이 짧은 시간 동안 꿈처럼 즐겼기 때문이다. 그 여인들을 안다는 이유 때문에 사람들은 죽어야 한다."

(후고 그레스만 번역)

(릴케는 인용된 제목을 1912년 9월에 이미 베네치아에서 메모해놓았다. 이 미완성 시는 대체로 1914년 7월 파리에서 씌어졌다.)

민Min 신에게 바치는 제물

„Man muss sterben weil man sie kennt"
(„Papyrus Prisse", Aus den Sprüchen des
Ptah-hotep, Handschrift um 2000 v. Ch.)

„Man muß sterben weil man sie kennt." Sterben
an der unsäglichen Blüthe des Lächelns. Sterben
an ihren leichten Händen. Sterben
an Frauen.

Singe der Jüngling die tödlichen
wenn sie ihm hoch durch den Herzraum
wandeln. Aus seiner blühenden Brust
singe er sie an:
unerreichbare! Ach, wie sie fremd sind.
Über den Gipfeln
seines Gefühls gehn sie hervor und ergießen
süß verwandelte Nacht ins verlassene

릴케 친필

Thal seiner Arme. Es rauscht
Wind ihres Aufgangs im Laub seines Leibes. Es glänzen
seine Bäche dahin

Aber der Mann
schweigt erschütterter. Er, der
pfadlos die Nacht im Gebirg
seiner Gefühle geirrt hat:
schweigt.

Wie der Seemann schweigt, der ältere,
und die bestandenen
Schrecken spielen in ihm wie in zitternden Käfigen.

릴케 친필

아크모세 여왕

◇

루 안드레아스 살로메에게 보내는 편지

식물계에서 그처럼 아름답게 보이는 것, 그 세계가 자신에 대해 하등의 비밀을 만들지 않으면서, 동시에 그렇게 하지 않고는 다른 식으로 안전할 수 없음을 아는 방식. 생각해봐요, 그것이 바로 내가 이집트에서 조각상들을 대하면서 느낀 것이었고, 그 이후로 이집트의 물건들 앞에만 서면 느끼는 것입니다. 이처럼 그대로 노출되어 있는 비밀, 하지만 그처럼 아주 철저하고 모든 부분에서 비밀스러워서 사람들이 그것을 숨길 필요가 없는 비밀 말입니다. 그래서 말인데 아마도 모든 남근적인 것은

(나는 이 점에 대해 카르낙의 신전에서 예감하긴 했지만 아직 뚜렷한 생각을 가지진 못했었는데), 자연 속에 드러나 있으면서 비밀스럽다는 의미에서 단지 인간적으로 친숙하며 비밀스러운 것을 펼쳐놓은 것일지도 모르겠습니다. 나는 "꽃가루"라는 단어를 떠올리지 않고는 저 이집트 신의 웃음을 생각할 수도 없답니다. […]

파리, 캄파뉴 1가(街) 17번지,
1914년 2월 20일

◇

루돌프 보트랜더에게 보내는 편지

끔찍스러운 것은, 있는 모습 그대로 낱말에 충실하며 손에 잡힐 듯한 이 경험이 (왜냐하면 동사에 이 경험은 그처럼 말로 할 수 없고 만질 수도 없기 때문입니다) 신으로까지 고양될 수 있는, 즉 남근적인 신성을 보호할 수 있을 정도로 고양될 수 있는 그러한 종교를 우리가 전혀 가지고 있지 않다는 점입니다. 이 신성은 그처럼 오랫동안 자리를 비운 후에 다시 한 무리의 신들이 인간들에게 등장할 수 있게 해줄 첫 번째 신성임에 틀림없습니다. 종교적인 도움이 실패한다면, 즉 그것이 이 체험들을 정화하는 대신 은폐하고, 우리가 예감했던 것보다 더 훌륭하게 이 체험을 우리 내면에 뿌리박게 하는 대신 그것을 우리에게서 빼앗고자 한다면, 도대체 무엇이 우리 곁에 있어줄 수 있단 말입니까. 그럴 때 우리는 형용할 수 없을 정도로 배반당한 자들이자 내버려진 자들입니다. 그리고 우리의 불행이 여기에 있습니다. 시간이 지나면서 사람들은 통찰하게 될 것입니다. 사회적인 것이나 경제적인 것 속에서가 아니라 바로 여기에 우리 동시대의 커다란 불행이 있다는 점을 말이지요. — 이처럼 사랑의 행위를 주변적인 것으로 몰아내버리는 데 말입니다. 〔…〕

시에라의 뮈조트 성, 발레, 스위스,
1922년 3월 23일

◇

일제 에르트만[21]에게 보내는 편지

이러한 시국이 내게 얼마나 지독한 해를 끼치고 있는지 아시려면, 당신은 내가 '독일적'으로 느끼지 못한다는 점을 생각하셔야만 합니다. 어떤 식으로도 말이지요. 내가 독일어의 뿌리까지 닿아 있으니 독일적 본질에 낯설다고 할 수 없음에도 불구하고, 그것이 현재 사용되고 있는 모양새나 지금의 무례한 의식은, 내가 생각할 수 있는 한 낯섦과 모욕감만 안겨줍니다. 게다가 내내 피상적인 절충적 존재로 머물러 있는 (이는 국가로서 불성실한 것입니다!) 오스트리아적인 것에서 고향을 찾는

[21] 1879~1924, 철학자 베노 에르트만의 딸.

다는 것은, 나로서는 전혀 생각할 수도 없는 일이고 느낄 수도 없는 일입니다! 어떻게 그곳에서 내가, 러시아와 프랑스, 이탈리아, 스페인, 사막 그리고 성경에서 마음을 형성해온 내가, 어떻게 주위에서 허풍 떠는 사람들과 어울릴 수 있겠습니까! 됐습니다.

〔뮌헨〕 1915년 9월 11일, 토요일

◇

내니 분더를리 폴카르트[22]에게 보내는 편지

〔…〕 내가 성 프란츠의 태양의 노래[23]를 당신을 위해 통독하고 발키스 여왕[24]의 아침찬가를 베껴 적었을 때, 〔나는〕 그것들 모두에 뭔가 빠져 있다는 것을 발견했습니다. 이집트 왕의 기도에서도 그럴까요? 이것들 외에 나는 태양에게 드리는 기도를 더 이상 알지 못합니다. 페루나 옛 멕시코에는 그와 유사한 것이 있었음에 틀림없습니다. 몇몇 흑인 부족이나, 아마 인디안 족에게도 있었을는지 모르지요. 이집트 출신 토박이들이 배로 우리를 코끼리 섬으로 데려다줄 때, 노 젓는 박자에 맞춰 몇

22 1878~1962, 릴케의 경제적 후원자 역할을 했으며, 릴케가 죽기 얼마 전까지 편지 왕래를 한 것으로 알려진 여성.

23 아시시의 성 프란체스코가 창조의 아름다움을 찬미하고 하나님에게 감사함을 표한 노래.

24 사바의 여왕의 이름.

개의 즉흥시를 불렀습니다. 그중 하나가 태양에게 바치는 노래였는데, 그것은 태양이 그들의 일을 너무 고되게 만든다는 비난의 성격이 짙은 노래와, 우리가 향해 가고 있던 거대한 화강암 절벽 뒤에서 아마도 불어오게 될 다음번 시원한 바람을 향한 외침인 것 같았습니다.

로카르노, 1920년 2월 1일,
일요일 오전

태양신에게 드리는 기도

◇

에크나톤
태양의 노래

아톤의 광휘

네가 하늘의 가장자리에서 빛나기 시작하는 것은 아름답구나.

너 태초부터 살았던 살아 있는 아톤이여!

네가 하늘의 동쪽 가장자리에서 몸을 일으키면,

너는 네 아름다움으로 온 땅을 가득 채운다.

왜냐하면 너는 아름답고, 위대하며, 빛나고, 땅 위에 높이 있기 때문이다.

너의 광휘는 나라들을, 그렇다, 네가 만든 모든

것을 품어 안는다.

25 이집트의 태양신.

너는 레[25]이다. 그리고 너는 그들 모두를 사로잡았다.

너는 그들을 너의 사랑으로 묶는다.

네가 비록 멀리 있지만, 너의 빛은 지상에 있다.

너는 비록 저 높이 있지만 너의 발자취는 낮이다.

밤

네가 하늘의 서쪽 가장자리로 내려가면
세상은 마치 죽은 것처럼 어둠에 쌓인다.
그들은 방에서 잠을 자고,
그들의 머리는 감싸여 있고,
그들의 코는 막히며, 아무도 다른 사람을 보지

못한다.

그들이 모르는 사이에 자신들의 머리 뒤에 있는 모든 재산은 도둑질 당한다.

모든 사자가 동굴에서 나오고,

모든 뱀이 문다.

어둠이 지배하고, 세계는 침묵한다.

왜냐하면 세계를 창조한 자가 하늘 가장자리에서 쉬러 갔기 때문이다.

낮과 인간

땅은 밝다.

네가 하늘 가장자리에서 솟아오르면,

네가 아톤으로서 낮에 나타나면.

아메노피스 4세와 노프레테테가 태양신 아톤에게 제사를 지내고 있다

어둠은 추방된다.
네가 너의 빛을 보내면,
두 개의 나라는 매일 축제를 벌인다.
깨어나 일어서면서,
왜냐하면 네가 그들을 세워놓았으니까.
그들은 씻고 옷을 입는다.
네가 나타나면 그들은 경배하기 위해 팔을 올린다.
모든 사람은 자신들의 일을 한다.

낮과 동물과 식물

모든 가축은 자신들의 목초에 만족하며,
모든 나무와 식물은 꽃을 피우고,
새들은 자신들의 늪지 위에서 퍼득인다.

그리고 그들의 날개는 네게 경배하면서 솟아오른다.
모든 양은 발로 서 껑충거리고,
모든 새들, 퍼덕이는 모든 것—
네가 그들 위로 솟아오르면 살아난다.

낮과 물

배들이 강을 따라 이리저리 운행한다.
네가 빛나고 있으니 모든 거리가 개방되어 있다.
강 속의 물고기들은 네 앞에서 뛰어 오르고,
네 광휘는 거대한 바다 가운데 있다.

인간의 창조

여인들에게서 아이를 창조하는 자,

남자들에게 정자를 만들어준 것은 바로 너다.

어머니의 태속에 있는 아들에게 생명을 부여하는 자,

그 아들이 울지 않도록 진정시키는 자,

너, 어머니 태속의 유모여.

자신이 만들 모든 것에 생명을 주기 위해 호흡을 부여하는 자!

아들이 태에서 나오면,

……그가 태어나는 날,

너는 그가 말할 수 있도록 입을 열고,

그가 필요로 하는 것을 그에게 제공해준다.

동물의 창조

껍질 속에서 병아리는 벌써 삐악거리고 있다.

너는 병아리에게 생명을 주기 위해 그 안에서 벌써 호흡을 부여한다.

만약 네가 그것을 완벽하게 만들었다면,

병아리는 껍질을 깰 수 있을 테고,

알에서 나올 것이다,

그리고 할 수 있는 만큼 삐악거릴 것이다.

병아리가 알에서 나오면,

그놈은 제 발로 서서 뛰어다닐 것이다.

모든 창조

네 모든 작품은 얼마나 다양한가.

그것들은 우리 앞에 숨겨져 있다.

오, 누구도 가지지 못한 힘을 가진 유일한 신,
그대여,

네가 혼자 있었을 때에

너는 네가 바라는 대로 땅을 지었다.

인간과, 크고 작은 모든 동물들,

땅 위에 있는 모든 것,

제 발로 서서 유유히 걷는 모든 것을,

저 위에 높이 있는 모든 것,

날개 치며 나는 것들을.

시리아 땅과 누비아 땅

그리고 이집트 땅도.

너는 모든 사람을 적재적소에 배치하고,

그들에게 필요한 것을 준다.

각자는 자신의 소유를 가지고 있고,

그들의 명은 정해져 있다.

그들의 혀는 서로 다른 언어를 말하고,
그들의 모습과 피부색도 서로 다르다.
그렇다, 너는 인간들을 구분해놓았다.

땅에 물대기

너는 지하세계에서 나일을 만들었다.
너는 그것을 네 뜻에 따라 끌어올렸다.
인간들이
네가 만든 그대로 생명을 유지하도록,
너, 그 모든 것의 주인이여!
너 낮의 태양이여, 멀리 있는 모든 나라의 두려움이여,
너는 그들의 생명 (역시) 창조한다.
너는 나일의 지류 하나를 하늘에 댄다.

그것이 저들을 위해 내리며,

마치 바다처럼 나일의 파도가 산 위로 물결치고,

그들의 도시에 있는 경작지에 물을 공급하기 위해.

너의 계획은 얼마나 훌륭한가, 너 영원의 주인이여!

하늘에 걸린 나일은 이방 나라들을 위한 것이며,

사막에서 제 발로 걷는 야생동물을 위한 것이다.

하지만 (진정한) 나일은 지하세계에서 이집트를 위해 흘러나온다.

그렇게 너의 광휘는 모든 정원에 영양을 공급하며,

네가 떠오르면 그것들은 생명을 얻고 너를 위해 자란다.

사계절

너의 모든 작품을 창조하기 위해 너는 사계절을 만든다.

네 작품을 식히고,

또 (여름의) 열기도 식히기 위해 겨울을 만든다.

너는 멀리 있는 하늘을 만들었다,

하늘로 올라가 모든 것을 보기 위해,

네가 혼자였을 때,

살아 있는 태양신 아톤의 모습으로 빛나며,

어두워졌다가 밝아지며, 멀어졌다 다시 가까워지며 만든 모든 것을.

빛을 통한 아름다움

오로지 너 자신으로부터 너는 수없이 많은 형상을 만들었다.
도시와 마을 그리고 정착지에서,
시골길이나 강가에서—
모든 눈들이 너를 바라본다.
네가 땅 위에서 낮의 태양일 때에.

아톤과 왕

너는 내 마음 속에 있다.
너의 아들인 에크나톤 외에는,
너를 아는 그 누구도 내 마음속엔 없다.
너는 그에게 너의 계획과

아톤 아래에 있는 아메노피스 4세와 노프레테테
돌기둥의 조각

너의 힘에 대해 알려주었다.
네가 세상을 만들었던 그 모습으로
그것은 네 손안에 있다.
네가 솟아오르면 그것들은 살아나며,
네가 지면 그들은 죽는다.
왜냐하면 너 자신이 생명의 기한이며,
인간은 너로 인해 살기 때문이다.
모든 눈은 네가 질 때까지
너의 아름다움을 바라본다.
네가 서쪽으로 가라앉으면
모든 일이 중지된다.
네가 떠오르면 모든 일이 시작된다.
왕을 위해 번창하기 위해.
네가 땅을 만든 이후로,
너는 그 땅을 네 아들을 위해 건설해왔다.
너 자신으로부터 나온 아들을 위해,

진리에 의해 사는 왕을 위해,

두 나라의 주인인 네페르-케페루-레[26]와 와-엔-레[27]를 위해,

진리에 의해 사는 레의 아들을 위해,

수명이 긴, 왕위의 주인 에크나톤을 위해.

(그리고) 그의 사랑을 받는 위대한 왕비,

두 나라의 여주인 네페르-네프루-아톤[28],

영원히 젊게 사는 왕비를 위해.

제임스 브레스테드의 영역본에 따라
헤르만 랑케가 번역

26 에크나톤의 왕위명, '완벽한 모습을 가진'이라는 뜻.

27 역시 에크나톤의 왕위명, '레 신(神)의 외아들'이라는 뜻.

28 노프레테테의 다른 이름, '아톤의 미인은 아름답다'라는 뜻.

숫양-스핑크스 거리, 카르낙

열주가 있는 홀, 카르낙

[29] 아문 신전의 탑문.

그것은 카르낙에서였다. 엘렌과 나,
우리는 서둘러 만찬을 마치고 말을 달렸다.
안내인이 멈춰 섰다. 스핑크스 대로—,
아! 필론[29]이다. 나는 한 번도 매력적인 세계의
중심에

이렇게 와본 적이 없다! (그게 가능할까, 너는 내
안에서
증식한다, 위대함이여, 당시에 이미 너무 많이
그러했다!)
여행인가 아니면 탐색인가? 어쨌거나 이곳은 하
나의 목적지였다.
입구에 있던 파수꾼이 비로소 우리에게

크기가 주는 놀라움을 일깨웠다. 그는 끝없이
솟아오른

성스러운 호수(혹은 신들의 호수)에 있는 스카라베, 카르낙

문 옆에 얼마나 왜소하게 서 있었던가.
그리고 지금, 우리의 전 생애를 위해,
기둥—저 기둥! 그것으로 충분하지 않았던가?

파괴는 이 기둥에게 정당성을 부여했다. 가장 높은 지붕에게도
그 기둥은 너무 높았던 것이다. 그것은 살아남아 이집트의
밤을 떠받쳤다.
뒤따르던 농민이

이제 남았다. 우리는 이것을 견뎌낼
한 시대가 필요했다, 왜냐하면 이들은 거의 파괴해,
*그러한 정지상태*가 우리가 죽어가는
현존에 속하게 되었기 때문이다.—내게 아들이

아문 신전에 있는 성스러운 호수(혹은 신들의 호수)

하나 있었다면,
유일한 진리를 대가로 몸만 간신히 빼내는 저 전환기에
나는 그를 보냈을 것이다.
"저기다, 샤를,—필론을 통과해 들어가서 선 채 보아라……"
우리에겐 그것이 더 이상 도움이 되지 못했다, 왜일까?
우리가 그것을 참은 것으로, 이미 할 만큼 한 것이다. 우리 둘,
여행복을 입고 고통스러워하는 너와,
이런 식으로 나의 이론을 펴는 나는.

하지만 은총이 있었다! 화강암으로 된 고양이의 조각상들이
둘러싸고 앉아 있던 호수를 그대는 아직 알고

있는가.

이 경계석들은—누구의 것일까? 그리고 사람들은 너무나도

매혹적인 사각의 공간에 사로잡혀 있어서,

다섯이 한 자리에서 몰락하지

않았다는 듯이 (그대 역시 주위를 둘러보았다),

그들은 옛날 모습 그대로, 고양이처럼, 돌처럼, 말없이,

재판을 하는 듯했다. 이 모든 것이

전체 재판부였다. 여기에는 연못가에 재판구역

그리고 저기에는 가장자리에 엄청나게 큰 스카라베[30]

그리고 벽을 따라 왕들의

장편서사시: 재판. 그리고 동시에

30 말똥구리를 의미. 고대 이집트인들은 말똥구리가 아침마다 짐승의 똥을 공같이 뭉쳐서 굴리고 가는 모습에서 태양신 라Ra를 운반하는 모습을 연상하였다고 함.

하나의 엄청난 무죄판결. 인물들이
차례차례 순수한 달빛으로 채워진 모습은,
아주 선명한 윤곽으로 마무리된
부조(浮彫)였다, 함지와 같은 본성 속에서,

그처럼 그릇으로—: 그리고 여기에는 한 번도 숨겨지지 않았으면서
한 번도 읽혀지지 않은 것이 표현되어 있었다:
본질상 너무도 비밀스러워,
숨겨지기에 전혀 적합지 않은 세계의 비밀이!

모든 책들은 엉뚱한 페이지를 넘긴다. 아무도 어떤 책에서
이제껏 그렇게 공공연한 것을 읽지 못했다—,
(내가 어떤 이름을 찾는다는 것이 무슨 소용이 있겠는가):

측정할 수 없는 것이 봉헌이라는

척도에 담겼다.—오, 보라, 자신을 바치는 것이
무엇인지
이해하지 못한다면, 소유란 무엇이란 말인가?
사물들은 스쳐 지나간다. 사물들이
제 길을 가도록 도우라. 한 곳의 생채기에서

네 삶이 새지 않도록. 그렇지 않으면 계속해서
너는 양도자가 된다. 노새와 암소가
밀치고 나아간다, 왕과 닮은 모습을 한
신이 마치 어른 아이처럼 만족스럽게

받아들이며 웃는 곳으로. 그의 성전에서는
숨이 멈추는 법이 없다. 그는 받고 또 받지만,
너무나도 유화한 성격이라,

공주는 자주 파피루스 꽃을
꺾는 대신, 그것을 그냥 품는다.—

여기서

모든 희생의 발걸음은 중단되었고,
태양의 날 일요일은 벌떡 몸을 일으킨다, 기나긴 주중의 날들은
이 날을 이해하지 못한다. 주중의 날에 인간과 동물은

한편에서 신이 알지 못하는 이득을 챙긴다.
생업, 어려울 수도 있겠지만, 그것은 극복될 수 있다.
사람들은 일하고 또 일한다. 대지는 산출이 가능해진다.—
하지만 대가를 지불하는 자만이 희생하는 것이다.

1920년 말/1921년 초, 베르크 암 이르헬 성,

C. W. 백작의 유고 중에서

노프레테테 왕비의 미완성 두상

노프레테테

◇

로티 베델에게 보내는 편지

『서동시집』[31]을 제외하면(이 시집은 처음부터 끝까지 오리엔트를 발견한 *행운*을 독일어로 옮겨놓았습니다), 내가 아라비아의 시에 대해 처음으로 품은 상상은, 마르드뤼[32]가 자신의 『천일야화』 텍스트에 다양하게 끼워 넣은 시구들에 기반을 두고 있습니다. 로댕은 때때로 그러한 시행 대여섯 줄 때문에 펼쳐든 책을 들고 내게 건너왔습니다. 그 시구가 그에게서 막 피워낸 것에 나를 곧바로 동참시키기 위해서 말입니다. 그가 얼마나 환하게 빛나며 어떤 눈과 입모양을 하고 있었던지…… 각각의 모든 시

31 괴테가 노년에 지은 시집으로 동방의 시인 하피스에게 바치는 헌사의 성격이 짙은 시집.

32 의사이자 시인. 카이로에서 태어나 파리에서 사망. 당대의 저명한 오리엔트 학자. 상징주의 시인. 말라르메의 격려에 힘입어 1898년부터 1904년까지 16권 116개의 이야기로 『천일야화』를 프랑스어로 번역.

들은 의사의 처방전보다 길지 않았습니다! 그러고 나서 내가 나중에 튀니스와 이집트에서 아랍어를 그처럼 빨리 배워 읽게 되었을 때, 아, 그런 것처럼 보였을 때…… 내 안에서는 희망이 솟아올랐습니다. 아마도 언젠가는 스스로 그러한 시구를 짓고 우리 것으로 옮겨 짓는 일에 나의 시가 기여할 수 있지 않을까 하는 그러한 희망 말이지요.

덧붙여 말하자면 당시에 나는 당신이 암시한 것과 똑같은 체험을 했습니다. 이집트에서 돌아오는 여행길에 내가 너무도 좋아하는 나폴리 '박물관'에 들어서면서 말입니다. — 나의 기억을 채워주었을 뿐만 아니라 모든 척도에 있어서 확장시켜주었던 조각상들 앞에서는 아무것도 견뎌낼 재간이 없었습니다. 이 훌륭한 여왕이 그랬지요. 나는 모사품들을 오늘 당장 다시 상자에 집어넣을 결심이 서질 않습니다. 내가 그것들을 몇 주 동안 보관해도 좋다는 점은 분명해 보입니다. 그렇지 않다면—그렇지 않습니까?—도로 달라고 하십시오! 위대한 이집트의 시대에 그것은 도대체 바람이 멎는 어떠한 순간이었을까요? 아메노피스 4세 주위의 이 사람들로 하여금 이러한 의식을 가지게 하기 위해 어떤 신이 호흡을 멈추었을까요? 이들은 갑자기 어디서 온 것일까요? 그리고 어떻게 그들 뒤에서 바로 시간이 다시 닫혀버렸을까요? "비워두었던" 공간을 "존재하는 자"에게 부여한 그 시간은?!

시에라의 뮈조트 성 / 발레,

1922년 1월 28일

◇

천일야화 중에서

오 집이여, 내일 나의 연인이 이곳에
사랑에 빠진 사람의 표식을 지니고 들르면,
그에게 나의 향기를 인사로 건네다오.
왜냐하면 나는 저녁이면 어디에 있게 될지 모르니.
어디로 가는 여행인지 나는 모른다. 그들은 나를
성급히 끌고 가는구나. 그래서 나는 약간만 챙겨 간다.
밤이 올 것이다. 밖에 있는 덤불 속에서는

우리에게 일어나는 일을 새가 애도할 것이다.

새는 자신의 언어로 말한다. "고통, 오 고통이여,

사랑하는 것을 놓고 가야 하는 끔찍한 고통이여."

나 자신은, 이별의 잔이 채워지고

사람들이 그것을 우리에게 강요하는 것을 보았을 때,

괴로운 감정에 체념을 섞었다.

하지만 체념은, 아, 결코 망각이 되지는 않는 법!

내 영혼이 사로잡혀 있는 사랑의 한탄을 누구에게 털어놓을까? 멀리 있는 친구에 대한 걱정을 누구에게? 내 갈비뼈 아래에서 타오르는 것은 누구에게 호소할까? 하지만 나는 침묵하리라, 파수꾼에 대한 두려움 때문에.

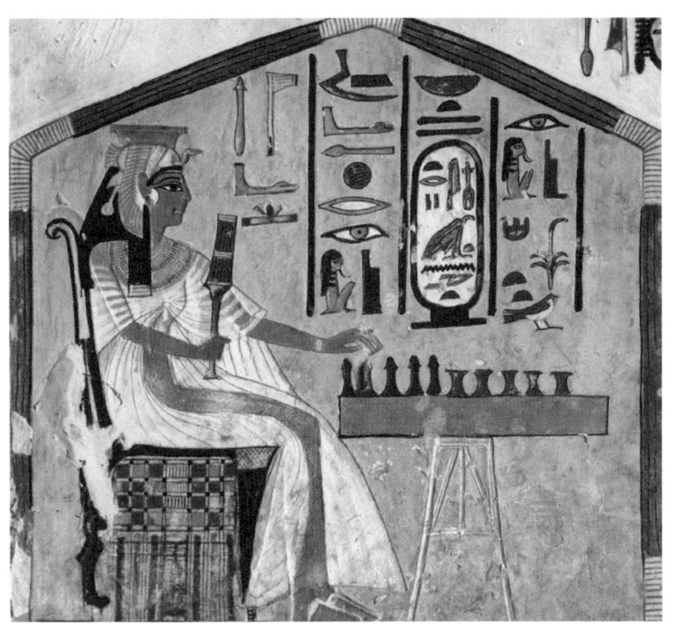

내 몸은 이쑤시개 한 조각보다 더 야위었고, 부재로 인한 위안 없음, 끝없는 애통 그리고 걱정 때문에 소진되었다.

내가 빠져 있는 심란하고 슬픈 상태를 보아줄 친구의 눈은 어디 있는 걸까?

그들은 자신들의 권한을 넘어, 내 애인이 올 수 없는 곳으로 나를 끌고 갔다.

나는 내 애인에게 인사를 전해달라고, 태양에게 아침저녁으로 수천 번씩 부탁한다. 그의 아름다움은 떠오르는 보름달을 무색하게 만들고, 그의 민첩한 몸매는 젊은 가지의 유연함을 능가한다.

장미가 그의 뺨을 닮으려는 생각을 한다면, 나는 장미에게 말해야만 한다. 그의 뺨과 같아지는 건 불가능하단다, 장미야. 너희들이 그의 다른 쪽 뺨 위에 있는 장미가 아니라면 말이지.

그의 입은 장작더미의 화염을 사그라들게 하는

시원한 침을 만들어낸다.

조제프 샤를 마르드뤼가 프랑스어로 번역한 것을
라이너 마리아 릴케가 독일어로 번역,
1923년 12월로 추정

◇

내니 분더를리 폴카르트에게 보내는 편지

이번에는 사정이 좋으니, 내가 돌려주기 전에 살펴보시라고, 몇 년 전에 발굴된 이집트의 한 조각상을 찍은 사진 두 장을 당신에게 첨부합니다. 그런데 이 조각상은 이제야(게다가 베를린 구 박물관에서) 일반에게 전시되었습니다. 그것은 유명한 아메노피스 4세의 아내인 노프레테테 왕비의 조각입니다. 그것은 왕의 멋진 흉상과 마찬가지로 만개한, 아니 거의 잘 여물었다고 해야 할 모습을 보여주고 있습니다.

〔뮈조트〕 금요일, 1922년 3월 3일

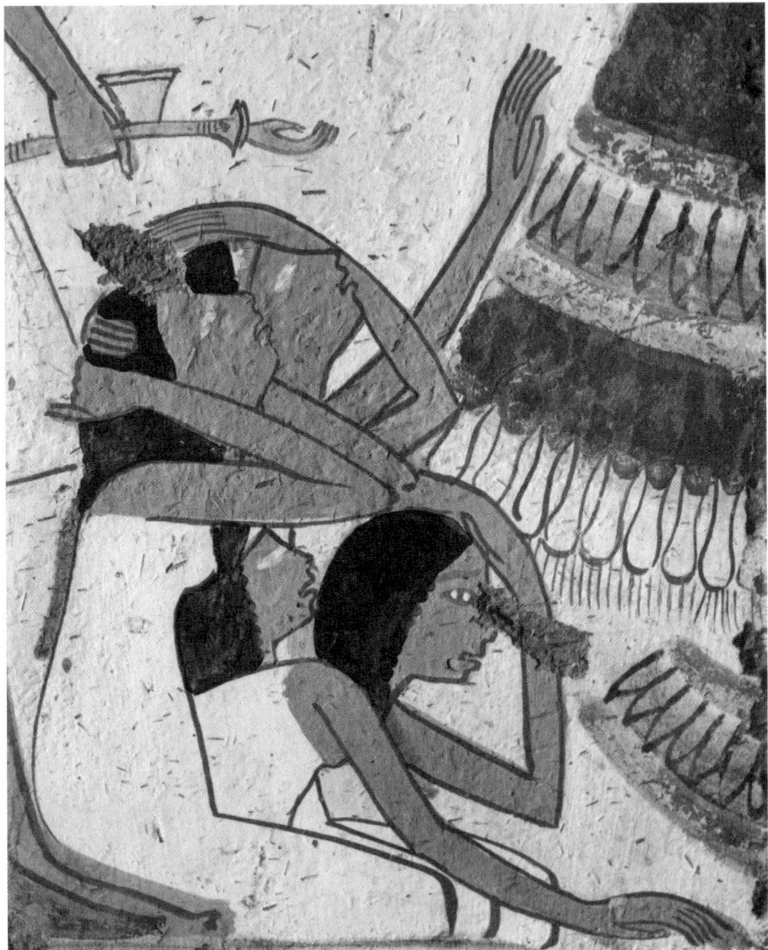

그 어디에도, 사랑하는 여인이여, 세계는 없을 것이다, 내면 외에는. 우리의

생은 변용하면서 나아간다. 그리고 점점 작아지며

외부 세계는 사라져간다. 그 언젠가 견고한 집이 한 채 있던 곳에는,

머릿속에서 꾸며낸 형상이 돌출한다, 비스듬히, 상상의 세계에

완전히 예속되어, 마치 그것이 아직 온전히 머릿속에 있는 것처럼.

시대정신은 힘을 저장할 넓은 창고들을 짓는다, 마치

시대정신이 모든 것에서 취해오는 긴장된 충동처럼 형태 없이.

시대정신은 이제 더 이상 신전이라곤 알지 못한다. 이러한 마음의 낭비를

우리는 더욱 은밀히 그만둔다.

그렇다, 지난날 사람들이 기도하고

예배를 드리고 무릎 꿇던 대상이 아직 남아 있는 곳에서도

그것은 그 모습 그대로 벌써 눈에 보이지 않는 것에 내맡겨져 있다.

많은 사람들은 그것을 더 이상 알아보지 못한다. 게다가 그것을 이제

기둥과 입상을 곁들여 그들의 *내면*에 더 크게 지을 수 있는 장점도 놓치고 있다!

이 세계가 묵직하게 방향을 틀 때마다 유산 상실자들이 있다.

과거의 것도 가지지 못하고 미래의 것은 아직 제 것이 아닌 자들이.

왜냐하면 바로 다음에 올 것도 인간에겐 머나먼

것이기에. *우리는*
이 미래의 것에 현혹되어서는 안 된다. 그것이 우리가 아직 인식하고 있는 형상을
우리 내면에서 강력하게 보존하기를.—이 형상은 한때 사람들 사이에 *서 있었고*,
운명 속에, 파괴적인 운명 한가운데에 있었으며, 어디로 가야 할지 모르는
상태의 한가운데에 있었다, 마치 그냥 존재하는 것처럼, 그리고
안전하게 확보된 하늘에서 별들을 제 쪽으로 돌려놓았다. 천사여,
그대에게 내가 그것을 보여주겠노라, 저기! 그대의 시선 속에서
그것이 마침내 구원되어 서 있기를, 이제 드디어 곧추서서.
기둥들, 성문들, 스핑크스, 사라져가거나 혹은

타하르카의 기둥, 카르낙

낯선

도시에서 뻗어나가는 대사원의 잿빛 지주들이.

1922년 2월, 뮈조트,

〈두이노의 비가〉, 제7비가 중에서

오, 운명에도 불구하고: 찬란하게 넘쳐흐르는
우리의 현존이여, 공원마다 거품을 내며 넘쳐나는구나.—
혹은 높다란 정문의 갓돌 곁에 남자 석상들의 모습으로
발코니를 떠받치고 있구나!

타종하기 위한 공이를
매일같이 둔감한 일상에 맞서 치켜드는, 오, 청동의 종이여.
혹은 저 하나의 기둥, 카르낙에 있는 기둥, 기둥,
영원한 신전보다도 오히려 더 오래 살아남은 기둥이여.

1922년 2월, 뮈조트,
〈오르페우스에게 바치는 소네트〉, 2부, XXII 중에서

천사에게 이 세계를 찬미하라, 말할 수 없는 세계 말고, 천사 앞에서

그대는 거룩하게 느낀 것으로 뽐낼 수는 없다. 우주 공간,

천사가 더욱 절실히 느끼는 그곳에서 그대는 초보자이다. 그러니

그에게는 소박한 것을 보여주어라, 대를 이어가며 형성되어

우리의 손 옆과 시선 속에서 우리에게 속한 것으로서 살아가는 그것을.

그에게 사물에 대해 말하라. 천사는 더욱더 경탄하며 서 있으리라, 마치 그대가

로마의 밧줄 꼬는 사람 옆이나 나일 강가의 도공 옆에 서 있었듯이.

사물이 얼마나 행복할 수 있는가를 천사에게 보여주어라, 얼마나 순수하며 우리의 것인가를

비탄에 젖은 고뇌조차도 얼마나 순수하고 단호하게 형상을 이루며,

사물로서 봉사하거나 사물 속으로 죽어 들어가는가를—, 그리고 얼마나 복되게

바이올린 음이 피안으로 사라져 가는가를.—그리고 이 무상함을 양식 삼아

사는 사물들은 알고 있다, 그대가 그들을 칭송한다는 것을. 덧없이,

그것들은 우리에게, 가장 덧없는 우리에게 구원을 기대한다.

보이지 않는 마음속에서 우리가 자기들을 완전히,

우리 자신으로—오 끝없이—우리 자신으로 변용시켜주기를 바란다! 우리가 누구이든 상관없이.

1922년 2월 9일, 뮈조트,

〈두이노의 비가〉, 제9비가 중에서

스핑크스

그리고 중년의 비탄은 광활한 비탄의 풍경을 통해 젊은이를 가볍게 이끌고 가,

그에게 신전의 기둥, 혹은 옛날 비탄의 제후들이

살며 지혜롭게 다스리던

저 성들의 폐허를 보여준다. 또한 높이 자란 눈물의 나무들과

꽃피는 슬픔의 평야들을,

(산 사람들은 그것을 단지 부드러운 나뭇잎이라고 알고 있다)

그러고는 젊은이에게 풀을 뜯고 있는 슬픔의 동물들을 보여준다—가끔

새 한 마리가 놀라서 그들의 시선을 가로질러 낮게 날아가면서,

저 멀리 자신의 고독한 울음소리를 상형문자로 그린다.—

저녁이 되자 중년의 비탄은 비탄 가문의 조상들,

무녀들과 예언자들이 묻힌 곳으로 젊은이를 데려간다.

하지만 밤이 다가오자 그들은 더욱 조용히 거닌다. 그리고 얼마 안 있어

모든 것을 지켜보는 묘비가 달이 뜨듯

솟아오른다. 나일 강가에 있는 것과 닮은

숭고한 스핑크스가, 말없는 묘실들의

얼굴이.

그리고 그들은 왕관을 쓴 머리를 보며 놀란다, 침묵한 채

사람의 얼굴을 영원토록

별들의 저울 위에 올려놓은 그 머리를 보며.

이른 죽음 때문에 현기증을 느끼는 젊은이의 시선은

그것을 보지 못한다. 하지만 비탄의 시선이

두건의 가장자리 뒤쪽에서 부엉이를 놀라게 한다. 그러자 부엉이는
너무나도 충만하게 둥근
빰을 따라 서서히 훑어 내리면서
새로운 사자(死者)의 청각 속,
두 쪽으로 열린 종잇장
위에 형언할 수 없는 윤곽을 부드럽게 그려 넣는다.

1922년 2월, 뮈조트,
〈두이노의 비가〉, 제10비가 중에서

엘 칸타라, 사하라의 입구

◇

지도니 나트헤르니 폰 보루틴[33]에게 보내는 편지

33 1885~1950, 보헤미아 출신의 남작부인.

당신은 많은 것을, 한꺼번에 너무 많은 것을 계획하고 계시군요. 내겐 거의 그런 것처럼 보입니다. —내가 나 자신의 여행을 생각해보건대 말이죠. 당시에 여행 친구들이 대단히 꼼꼼히 작성한 계획이 내게 부과되어 있지 않았더라면, 나는 우리의 두 번째 기착지인 비스크라에서 반평생을 머물렀을 것입니다. 3주 후에 여행을 계속하는 대신, 나보다 먼저 그곳에 온 많은 사람들과 함께 말입니다! (당시 우리의 프로그램에도 이제 가까스로 하게 된 이집트 여행뿐만 아니라, 팔레스타인 여행 역시 들

어 있었습니다……. 그것은 분명히 너무 많은 것이었습니다)

오리엔트는 그 자체로 하나의 세계입니다. 다채로움의 세계가 아니라 뉘앙스의 세계이지요. 나는 그것을 많이 갖지 않으려는 끝없는 동경을 가지고 있었습니다. 하지만 전달할 수 있는 것의 경우에는 온전한 것을 가지려고 했지요. 그곳에서 사람들은 말하자면, 별이 빛나는 하늘을 여행하는 것처럼 여행합니다. 그곳에서도 여섯 개의 별을 차례로 방문하려는 것은 분명히 정신 나간 짓일 겁니다. 알데바란[34]이나 아니면 엄청난 신묘함 속에 머물며 주변을 둘러보아야 합니다. 내 경우에는 이러한 요구가 더욱 잘 이해되었습니다. 왜냐하면 내가 아라비아적인 것을 너무도 사랑했고 그것의 표현에 너무나 친밀한 느낌을 받아서, 특이하게도 쉽고 능숙하게 그 언어에 열중하기 시작했기 때문입

[34] 황소자리 중의 일등성.

니다……. 그리고 지금까지 이르는 오랜 세월 동안 엘 칸타라의 산 입구에 있는 작은 집 한 채, 베르트랑이라는 여인에게 속한 여관이 내 기억에 남아 있습니다.

아마도 나는 그곳에 다시 한 번 가게 될 것입니다. 여행자로서가 아니라 살기 위해서, 그곳에 머물기 위해서, 자세히 보기 위해서 말이지요…….

〔…〕 오리엔트는 정말로 설탕과 같습니다. 제대로 맛을 보게 되면, 오리엔트는 아무리 조용하고 짧게 머무르더라도 그것 자체로 전체나 마찬가지이니까요. 이집트에서는 여행 기술이 어찌나 발달되었는지, 일괄적으로 이방인으로 취급되는 것을 계속해서 거부하지 않으면, 무언가 볼 시간을 더 이상 가질 수 없습니다. 전통적으로 보아야만 하는 것들이 마치 1, 2, 3, 4……를 세는 것처럼 쉬지 않고 시시각각 나타나니 말입니다. 절망스러울 정도

로 말이죠. 때로 나는 유혹을 이겨내고 아랍어 문법책과 사전을 가지고 배에 머무르곤 했습니다. 전체 공간이 누군가를 마치 하나의 장미꽃잎인 듯 취급하는 멋진 저녁, 멋진 밤들이었습니다.

〔…〕 소란스럽고 혼돈에 빠진 나라들로 계속해서 여행하는 대신 자신의 "다하비"[35]를 타고 나일 강을 따라 천천히 운행하는 것이 더 낫지 않을까요? 그것은 더 이상 여행이 아니라 하나의 삶입니다. 하나의 변신이자, 존재의 꿈입니다……. 그리고 심오한 실제적 자각입니다.

뮈조트 성, 시에라,
(발레) 스위스, 1923년 1월 21일

35 아라비아어 'dahabiya'에서 온 말로, 나일 강을 운행하던 좁고 긴 배. 상갑판과 선실을 가지고 있음.

나일의 도공

◇

알프레드 셰어에게 보내는 편지

〔…〕 나는 스스로 강조되지 않은 것이 나 자신을 형성하고 산출하는 데 가장 근원적인 영향을 끼쳐온 것은 아닌지 가끔 자문하곤 합니다. 예를 들어 개와 함께 지내는 것이나, 자신의 생계를 위한 터전에서 세상에서 가장 오래된 자세를 반복하면서 줄을 꼬는 사람을 보면서 로마에서 지냈던 시간들처럼……. 마치 나일 강 유역의 작은 마을에서 저 도공의 원판 옆에 서 있던 것이, 형용할 수 없으면서도 가장 비밀스런 의미에서 내게 생산적이었던 것과 마찬가지로 말이지요. 또는 어떤 목동

과 함께 '보Baux'[36]의 풍경 속을 거니는 것이 허락되었던 것이나, 톨레도에서 몇 명의 스페인 남자친구들과 이들의 여자친구들과 함께, 17세기 어느 땐가 9일 기도 낭송 관습의 전승이 금지되었을 때 천사가 그 기도를 불렀다는 허름한 작은 교회에 들어가 오래된 그 9일 기도 낭송을 들을 수 있었던 일…… 혹은 변화가 심한 '칼리 어'(語)를 쓰는 여행객들이 자신들의 목적지들을 내게 물어 답을 구했을 정도로, 베니스처럼 헤아릴 수 없는 존재가 내게 친숙하게 된 것…… 이 모든 것이—그렇지 않습니까?—'영향'이었습니다.

그리고 가장 커다란 영향을 이제 언급해야 할 것 같습니다. 내가 그처럼 많은 나라와 도시 그리고 풍경 속에서 그 모든 다채로움과 더불어 방해받지 않으면서 혼자 있도록 허락된 것, 귀를 쫑긋 세우고 내 본성에 순종하면서 어떤 새로운 것에 내맡

36 지중해에 연한 프랑스의 레 보 드 프로방스를 말함.

겨졌고, 자진해서 그것에 속하려 했지만 다시 부득이하게 그것으로부터 나를 분리시킬 수밖에 없던 것을 말입니다. (…)

뮈조트 성 / 시에라 (발레),
1924년 2월 26일

×

Aufstand der Stunden. Sieh fortwährende
Schwindung
auch noch des glücklich gefügten Bau's.
Leben wächst immer. Schon ragen ohne Verbindung
die nicht mehr tragenden Säulen heraus.

Aber Verfall: ist er trauriger, als der Fontäne
Rückkehr zum Spiegel, der sie mit Schimmer bestäubt;
halten wir uns dem Wandel zwischen die Zähne,
dass er uns völlig begreift in sein schauendes Haupt.

—

릴케 친필

◇

덧없음

바람에 날리는 모래와 같은 시간. 행복하게 축복받은 구조물 역시

지속적으로 조용히 사라짐.

삶은 계속해서 나부낀다. 이제 아무것도 얹힌 것이 없는 기둥들은

이미 아무 연결부 없이 솟아나와 있다.

하지만 몰락: 그것은 가물대는 빛으로

먼지투성이를 만드는 수면 위로 분수가 다시 떨어지는 것보다 더 슬플까?

변화의 이빨 사이에 우리를 맡기자.

그 변화가 자신이 보고 있는 머릿속으로 우리를 완전히 집어삼키도록.

1924년 2월 말, 뮈조트

[37]1892~1941, 러시아의 여성 작가.

우리에게 속한 것은 아무것도 없다. 우리는 꺾이지 않은

꽃 모가지 주위에 약간 손을 얹을 뿐. 나는 그것을 나일 강변의 콤 옴보에서 보았다.

그처럼, 마리나여, 왕들은 스스로 포기하며 기부한다.

1926년 6월 8일, 뮈조트,
마리나 츠베타예바 에프론[37]에게 보내는 비가 중에서

엮은이 해설

릴케와 이집트

Rilke und die ÄGYPTEN

이 텍스트—『릴케의 이집트, 1907년부터 1926년까지』—는 독특한 어떤 것, 즉 시간적으로 아주 멀리 떨어진 문화에 대한 체험과 상상을, 20세기 초에 살고 있는 한 시인의 세계상으로 체화하는 것을 묘사하고 있다.

북아프리카와 이집트, 팔레스타인 같은 지역을 여행하고 그곳의 인상을 수집한 중요한 예술가들 중 릴케는 첫째가는 인물인데, 이곳에서의 인상은 이후 토마스 만 같은 작가에게도 아주 지속적인 흔적을 남겨놓았다. 저 이슬람 국가들과 파라오의 과거가 보여주는 풍경과 문화에서 나온 모티프들은, 프란츠 베르펠[38]이나 리온 포이히트방어[39], 후고 폰 호프만스탈[40], 엘제 라스카 쉴러[41]에서부터 파울 첼란[42]과 잉게보르크 바흐만[43]까지 이르는 작가들의 작품 속에서 발견된다. 여기에 화가들도 가세하는데, 이들은 1차 세계대전이 발발하기 조금 전,

[38] 1890~1945, 오스트리아의 유태계 극작가로 표현주의적 정서의 작품이 유명함.

[39] 1884~1958, 독일 태생의 작가.

[40] 1874~1929, 오스트리아의 시인이자 극작가.

[41] 1869~1945, 유태계 독일 여성 작가로 아방가르드적이고 표현주의적인 작품으로 유명함.

[42] 1920~1970, 루마니아 태생으로 독일어로 쓴 시들이 유명함.

[43] 1926~1973, 오스트리아의 여성 작가.

유럽과 너무나 다른 풍광이 주는 빛과 윤곽과 색채에 열광적으로 몸을 맡겼다. 그들은 에밀 오를릭[44], 막스 슬레포크트[45], 파울 클레[46], 아우구스트 마케[47] 등이었다.

오늘날 나일의 땅, 하부 이집트와 상부 이집트로 쏟아져 들어와서 5천 년 전에 인간 의지와 믿음이 세워놓은 기념비들을 바라보며 많건 적건 놀라움에 사로잡히는 것은, 전 세계에서 오는 관광객의 물결이다. 릴케는 경악에 이를 정도로 압도되었다. "나는 [⋯] 보았고, 보았고, 또 보았습니다.—하느님 맙소사, 사람들은 정신을 바짝 차리고, 두 눈을 조준하여 전적으로 믿고자 하는 마음가짐으로 바라봅니다—하지만 그것은 눈 위에서 시작되며 그 위 도처로 뻗어나갑니다." 그리고 그는 그가 본 것이 시적 언어로 변용될 때까지 기다리려면 대단한 인내심을 가져야 한다는 것을 예감했다.

44 1870~1932, 보헤미아 태생의 화가이자 사진가.

45 1868~1932, 독일 화가로 인상주의적 화풍의 그림을 그림.

46 1879~1940, 스위스 태생의 독일 화가로 표현주의·입체파·초현실주의 등에서 영향을 받음.

47 1887~1914, 독일 태생으로 표현주의의 대표적 화가.

고대 세계에서는 그리스인들과 로마인들이, 사람들이 몰려드는 이 땅과 그 역사에 대해 알고 있었다. 그리고 거의 2천 년 동안 파라오 시대는 유럽인의 의식에서 사라져버렸다. 움직이는 사막의 모래 속에서 그 시대는 거의 완전히 와해되고 사라져갔다.

다시 관심의 문을 연 것은 나폴레옹이었다. 그는 1798년부터 1801년까지 지중해 동부에서 영국의 지배권에 대항하여 원정을 감행했다가 실패하는데, 그 이후로 호기심 많고 모험심에 가득 찬 여행자들의 끊임없는 관심과, 무엇보다도 새로운 학문분과인 이집트학을 위한 문을 열어놓은 것이다. 1799년 알렉산드리아에서 "로제타의 돌"이 발견되고—나폴레옹은 자신의 수행인 중에 백 명이 넘는 학자와 예술가 그리고 기술자들을 대동하고 있었다—1822년 장 프랑수아 샹폴리옹이 상형문자를 해독하게 되는데, 1829년 그는 파리에 있는 프랑스 대학에 유럽 최초로 이집트학과 교수로 임명된다.

이곳에서 칼 렙시우스가 수학했는데, 그는 1855년 이집트 발굴여행에서 풍부한 수확을 얻은 후, 독일(프로이센)에 있는 첫 번째 이집트 박물관의 관장으로 임명되었다. 이 박물관에 이어 곧 뮌헨과 라이프치히에서도 다른 박물관이 세워졌다. 세기말경 이 박물관들은 아돌프 에어만(베를린), 게오르크 슈타인도르프(라이프치히), 프리드리히 빌헬름 폰 비싱(뮌헨)에 의해 운영되었다.

거의 네 달 반에 걸쳐 북아프리카와 이집트 여행을 마치고 1911년 3월 29일 돌아온 릴케는, 자신의 다소 감정적인 시각 체험에 보다 확실한 근거를 부여하기 위해 1911년부터 1913년까지 이 세 명의 이집트 학자와 접촉하려고 노력했다. 그는 그들과 "오래 대화"하면서, 오래전이나 비교적 최근의 발굴품들을 구경했고, "기이한 시대에" 〈삶에 지친 한 사람이 자신의 영혼과 나누는 대화〉에 대한 자신의 직관적인 해석에 대한 동의를 얻었으며, 게오르크 슈타인도르프의 세미나에 참석하면서 그가 이집트 남부와 누비아의 아니바로 가는 "발굴 탐험"에 초대하자 이를 검토하기도 했다.

릴케의 텍스트는 15년 이상에 걸쳐 지속된, 파라오의 세계에 대한 감탄을 이야기하고 있다. 그는 이 텍스트를 자신의 친구들에게 돌렸고, 이들 중 몇몇이 자신이 했던 것과 같은 이집트 여행을 검토해보도록 자극을 주었다. 이들은 탁시스 부부와, 안톤 키펜베르크, 카타리나 키펜베르크, 지도니 나트헤르니 폰 보루틴과 같은 인물들이다. 이와 더불어 "이집트의 사물들"을 개별적으로 차근차근 자신의 작품에 녹여 붓는 작업이 성공을 거두었다. 『두이노의 비가』 첫머리와, 릴케가 무엇이 문인을 만드는지 스스로 규정한 것이 그렇게 씌어졌고, 후자는 「문인에 관하여」와 「젊은 문인에 관하여」에 기록되었다. 후자의 고백은 릴케가 "기적"이라고 생각한 젊은 프란츠 베르펠의 시를 발견하면서 촉발되었다. 신격화된 파라오의 죽음과 쇄락을 미라를 통해 막아보려는 이집트인들의 헛된 노력을 보면서, 릴케가 덧없음에 대한 자신의 의견을 확인했다면(본문 242쪽의 「덧없음」이란 시 참조), 시인에 관한 고백에서 그는 신들이 머무는 곳은 오직 살아 있는 인간의 마음, 이 글에서는 시인의 내면일 수밖에 없다는 점을 확신했다.

모든 것은 마치 우연처럼 시작되었고 어떤 중대한 결과를 가져올지 전혀 예견할 수 없었다. 1907년 1월 중순 클라라 릴케는 아일랜드 친구인 메이 크노프의 초대를 받아 이집트로 갔다. 메이는 나이차

가 많이 나는 요한 크노프 남작과 결혼했는데, 남작은 모스크바에서 태어나 한동안 브레멘에서 살았었다. 이들은 카이로 근처의 헬완에서 호텔을 겸한 요양원을 함께 운영하고 있었는데, 클라라를 초대한 것은 조각 작품을 위탁하는 것과 맞물려 있었다. 여행은 나폴리에서 시작되었다. 클라라와 라이너 마리아 릴케는 거기서 만났다. 이 시기에 릴케는 카프리에 있는 앨리스 팬드리히의 집에 손님으로 머물고 있었다. 이들은 세계에서 가장 중요한 고대 박물관 중 하나인 나폴리의 '국립 박물관'을 방문했고—이 점에서 이집트에 대한 아주 대조적인 준비인 셈이었는데—, 클라라 릴케는 '오세아나'를 타고 알렉산드리아로 출발했다.

그녀가 이집트에서 보내는 편지들은—유감스럽게도 이 편지들은 오늘날까지 열람이 불가능하다—, 당시 볼 만한 보조 도구라고는 리하르트 안드레가

48 장미가 있는 작은 집이라는 뜻.

편찬한 지도책으로 나일의 지도가 실려 있던 『휴대용 지도』와 슈파머의 『세계사』에 든 저 멀고 낯선 땅의 사진들이 고작이었던 릴케에게, 놀랄 만큼 생생한 묘사가 가능하도록 영감을 부여했다. 여기서 분명해지는 것은, 비록 작은 계기이긴 하지만 이를 이용해 어떻게 시적 상상력이 어떤 현상의 본질에 침투할 수 있는지 하는 점이다. 횔덜린은 한 번도 그리스에 가본 적이 없었지만 그의 『히페리온』은 이 고대의 장소에 대해 얘기하고 있으며, 실러 역시 스위스에 가본 적이 없지만 그의 『빌헬름 텔』은 독일인들에 의해 오늘날까지도 스위스의 민족 드라마로 여겨진다. (아울러 칼 마이의 이국적인 상상력에도 역시 경의를 표할 수 있을 것이다.)

4월 19일 돌아온 클라라 릴케는 카프리에 있는 '로젠호이슬'[48]에서 앨리스 팬드리히와 그녀의 손님들을 위해 "이집트 물건들"이라는 작은 전시회를 열었다. 사람들은 어떻게든 여행기록문서로 이 여행을 증명하려는 생각도 했다. 이 일은 성사되지 않았다. 다른 것이 전면에 부각되었기 때문이다.

의심할 여지없이 이집트에 대한 릴케의 관심이 일깨워졌다. 다만 여행을 떠나는 것은 재정적인 이유로 고려할 수 없었다. 그럼에도 보다 중요했던 것은, 지속적으로 생산적인 국면이 시인을 사로잡았다는 점이었다. 1907년 말 『새로운 역사』가 나왔고, 1908년 말에는 『새로운 역사 속편』이, 1910년 중반에는 "고심작" 『말테의 수기』가 출간되었다.

하지만 이후로 릴케는 아주 심각한 예술적·실존적 창작의 위기에 빠졌는데, 이 위기는 일시적인 회복기를 제외하고는 전쟁을 통해 더욱 극단적으로 심해져서 십 년 이상 지속되었다. 그래서 그는 1910년 말 북아프리카와 이집트 그리고 팔레스타인으로 가는 비교적 긴 여행에 초대받았을 때, 지

푸라기라도 잡는 심정으로 과격하게 자리를 옮겼다. 이러한 시도의 외적 정황—이에 대해 릴케는 나중에, 그 시도가 "자신의 내면에 잘 맞지 않는 상황"에서 이루어진 "올바르지 못한 것"이었노라고 말했다—을 릴케는 일생에 걸쳐 아주 신중하게 다루었다. 그를 초대한 사람은 릴케가 1910년 10월 뮌헨에서 우연히 알게 된 예니 올터스도르프라는 여성이었는데, 그녀는 뮌헨의 부유한 모피상인의 아내로서 그다지 행복하지 못한 결혼 생활을 하고 있었다. 그녀는 알고 지내는 몇몇 사람과 몇 달 간으로 예정된 여행 계획을 짜고 있었다. 둘의 관계는 릴케도 마다하지 않은, 짧게 타오른 애정 관계였음에 틀림없다. 그는 이 관계가 족쇄가 되자 이로부터 벗어났다. 다시 파리에 온 그는 안톤 키펜베르크에게 간청하여 도스토예프스키의 『백치』를 한 부 받았는데, 그는 여기에 5월 6일에 선물하기 위해 "한 줄을 써 넣었으면" 하는 바람을 갖고 있었다. 그는 "책 뒷면 하단에 J. O.라는 머리글자를" 새겨주기를 바랐다. (1911년 4월 14일) 그가 지난 편지를 훑어보면서 이름을 언급하지 않은 채 "내가 알제리와 튀니스 그리고 이집트에 함께 있었던 저 수수께끼 같은 여자친구"에 관해 얘기했을 때, 그에게 남은 것이라곤 때늦은 회상뿐이었다. "(이 무슨 아직도 여전히 불타오르는 편지들이란 말인가!)". (내니 분더를리 폴카르트에게, 1925년 11월 12일)

19세기 중반 이래로 행해졌던 힘든 일투성이의 연구 여행이나 발굴 여행과— 이 결과로 이집트학이 학문으로 자리 잡았다—, 이집트 땅에 대한 수많은 묘사를 생겨나게 한 힘겨운 개인 여행, 이 모든 것이 유럽 전반에 걸쳐 관심을 일깨워놓았다. 독일에서는 여기에 덧붙여, 대중적이고 긴장감 있게 씌어진 게오르크 에버스의 이집트 소설 『이집트 공주』(1864)와 『와르다』(1876)가 아주 광범위한 독자를 확보하고 있었는데, 에버스는 게오르크 슈타인도르프에 앞서 1870년부터 1889년까지 라이프치히 대학의 이집트학 교수직을 맡았었다. 릴케도 속해 있던 여행그룹의 참가자들은 이 소설들에 대해 알고 있었을 것이다.

1910년 11월 19일 이들은 마르세유에서 출발해 거의 6주간 알제리와 비스크라, 엘 칸타라, 튀니스, 카르타고, 케르앙 등지를 돌아다녔다. 오리엔트의 세계가 릴케에게 문을 열었다. 그는 자신이 준비가 되어 있다고 생각했으며, 여행을 시작하기 조금 전 클라라가 파리로 보내준 "천일야화 전집"을 통해 이 점이 확인되었다고 생각했다. 이 책은 후고 폰 호프만스탈이 서문을 써서 1906년 초판이 나온 후 1910년 인젤 출판사에서 다시 출간되었다. 이 여행그룹은 튀니스를 떠나 시실리 섬의 트라파

니와 팔레르모를 거친 다음, 1910년에서 1911년으로 해가 바뀔 무렵을 나폴리에서 보냈다.

1911년 1월 6일 나폴리에서 출발해 알렉산드리아 방면으로 여행이 이어졌다. 1월 10일에는 유명한 영국여행사인 '토마스 쿡과 아들'이 운행하는 호화 증기선 '람세스 대제'의 일등석을 타고, 카이로에서 아스완까지 갔다가 다시 돌아오는 나일 강 여행이 시작되었다. 이 여행은 멤피스와 베니 수에프, 미냐, 아시우트, 크베나, 테베, 카르낙, 룩소르, 에드푸, 콤 옴보, 아스완을 거쳐 나일 강에 있는 섬인 필라에까지 이어졌다. 릴케가 연안 근처에 위치한 신전과 매장지를 모두 보았는지—당시 사람들은 걷거나, 당나귀나 말 혹은 마차를 타고 이동했다—우리는 모른다. 모래에 누워 있는 13미터 크기의 람세스 상은 멤피스에서 릴케로 하여금 벌써 탄식을 자아내게 했는데, 이후로 넘쳐나는 볼

거리는 내내 그를 혼란스럽게 했다. "나는 돌아갈지도 모르겠습니다". (덧붙여 말하자면 이 거대한 왕의 입상이 릴케로 하여금 전체 여행에 대한 유일한 시적 단초를 제공한 계기였다. "그때 그처럼 많은 제왕들의 존재가…….") 몇 번인가 그는 배에 혼자 남아 "멋진 저녁……. 정말로 깊이 생각에 빠지는" 체험을 했다. 이것은 훨씬 나중에야 기억에 떠올랐다. 2월 초순에 배는 다시 카이로에 도착했다. 릴케는 아마도 동료들과 함께 우선 셰퍼드 호텔에 묵은 것 같다. 몸이 아프긴 했지만 그는 이 시기에 피라미드에 가보았고 이집트 박물관에도 몇 번 다녀왔음에 틀림없다. 그러고 나서 그는 팔레스티나로 향한 그룹과 헤어져서, 크노프 남작과 그의 부인의 초대를 받아 이들이 헬완에서 운영하는 호텔 겸 요양원 알 하야트에서, 1911년 3월 25일 여행을 떠날 때까지 한 달간 머물렀다.

네 달 반에 걸친 여행에서 나온 편지의 양이 비교적 적은 것은—다른 때 같으면 아주 집중적으로 편지를 써왔던 릴케의 경우 이는 매우 예외적으로 보인다—, 이미 언급된 것처럼 예술적으로나 개인적으로 그의 현존이 정체되어 있었다는 사실 이외에, 그의 전체 수용능력이 동요를 겪었기 때문인 것으로 생각된다. 이미 파라오의 석상을 본 초반에 그는 "이제는 벌써 과할 지경이랍니다."라고 고백했다. 아라비아·오리엔트의 현재는 단지 기묘한 차양에 불과했다. "그 뒤로는 마치 양심이 그런 것처럼, 경고하고 제지하면서 이 무자비하게 커다란 이집트의 사물들, 사람들이 너무 깊이 관계를 맺어서는 안 되는 사물들이 잇달아 서 있습니다." 그의 의식 속에 깊게 자리 잡은, 이집트의 태곳적 이미지라는 보물을 시적으로 소유하는 과정이 비록 지속적으로 이루어지긴 했지만 그처럼 느리게 진행

된 이유는 아마도 이렇게 설명될 수 있을 것이다.

릴케는 여러 번에 걸쳐 이집트 체험을 자신의 삶에 있어 일종의 "분수령", 즉 고통스러운 이전의 삶과 희망에 찬 이후의 삶을 경계 짓는 지점이라고 칭하긴 했다. 하지만 그는 이 도움이, 그처럼 필요불가결한 많은 다른 성장 가운데 단지 하나의 "성장"일 수도 있다는 점을 점점 더 직시해야만 했다. "내 눈앞에, 내 주위에, 내 곁에 있던 많은, 그리고 자주 엄청나게 큰 것, 존재 곁의 존재는 내게 다양한 인상을 주었습니다. 하지만 내가 그중 일부를 내가 성장하는 데 사용하는 것은 아마도 나중에, 훨씬 나중에야 이루어질 것입니다." (릴리 샬크에게 보내는 편지, 1911년 5월 14일) 이러한 고백에도 불구하고 이집트적인 "성장"은 이어지는 여러 해 동안 변하지 않는 일종의 상수로 남아 있었으며, 아주 다양한 동인에서 읽어낼 수가 있다.

1912년 말 라이프치히에 있는 쿠르트 볼프 출판사에서 메히틸데 리히노프스키의 "아름다운 책" 『이집트의 신들, 왕들 그리고 동물들』이 출간되었다. 이 책이 "놀랍게도 위대한 것 속으로" 이끌어가기 때문에, 릴케는 저자를 인젤 출판사에 연결시켜주면 어떻겠느냐고 안톤 키펜베르크에게 추천했다. (1913년 3월 28일) 그리고 그해 7월 라이프치히에 있는 이집트 박물관에서, 자신을 에크나톤이라 부른 파라오 아메노피스 4세의 베를린 소재 원본 조각상의 석고 모형을 보게 되었다. 릴케는 경이감에 가득 찬 나머지 이집트에 박학한 이 저자와 직접 접촉을 시도했다. 릴케가 이집트 여행을 한 직후인 1911년, 이집트 중부에 있는 텔 엘 아마르나, 저 "이단자 왕"의 거주지에서 독일과 영국의 발굴팀이 아메노피스 4세의 조각상 등 수많은 진귀한 물품들의 발굴에 성공했다. 이로부터 얼마 지나지 않아, 파라오 예술의 세계적인 전형이 된 채색조각상, 아메노피스 4세의 부인 노프레테테 왕비의 흉상이 발견되었다. 이 원본들은 독일에 도착했고 1913과 1922년 베를린의 이집트 박물관에서 처음으로 전시되었다.

1922년 초 노프레테테의 사진을 보자 릴케는 한없이 행복해했다. 아마르나 시기의 이 얼굴들은 그에게 상상의 모습이 아니라 "인간"을 모사한 것으로서, "존재하는 것"의 증거이자 인간적 현존이 오래도록 지속되리라는 약속이었기 때문이다.

릴케는 평생 동안 많은 도움을 받았다. 그도 이 점을 알고 있었다. 특히 인젤 출판사 측에서 20년이 넘도록 계속적인 지지를 보여주었다. 아마도 안톤 키펜베르크와 카타리나 키펜베르크는 자신들의 작가를 가장 잘 알았을 것이다. 그런 이유로 각

종 책이나 번역에 대해 서로 의견을 다감하게 교환하곤 했다. 예를 들어 안톤 키펜베르크는 릴케에게 "당신이 웃을지도 모를 위험을 무릅쓰고"(1914년 3월 13일)라고 쓰고 있다. 키펜베르크는 "이집트의 조각에 관한 책"을 염두에 두고 있었다. 이 책의 텍스트 중에서 릴케가 아직 헬완에 있을 때 칼 폰 데어 하이트에게 보내는 편지(1911년 3월 24일자 편지)를 읽으면 우리는 아마도 발행인 편에 서게 될 것이다. 특히 릴케가 1903에 쓴 오귀스트 로댕에 관한 연구서에 대한 기억을 떠올릴 수 있다면 더욱 그럴 것이다. 릴케 역시 답장에서 "이집트의 조각에 대한 아주 의미 있는 제안"(1914년 3월 18일)이라고 언급하고 있다. 하지만 그는 출판에는 동의하지 않는다. 이처럼 다른 많은 계획들이 이후 몇 년간 사라져갔다. 때는 전쟁과 혁명 그리고 창작이 정체되었던 시기였으며, 마지막으로는 1919년 6월 시인이 스위스로 망명한 시기였다.

스위스에서 맞이한 새로운 생활 조건과 완전히 변화된 시대는 릴케로 하여금 자기 본래 모습을 찾도록 해주었다. 그에게 "다양한 인상"을 주었던 이집트 체험도 다시 들추게 되었는데, 이는 아주 다양한 연관관계 속에서 이루어졌다.

스위스 시절에 많은 도움을 주었던 여자친구 내니 분더를리 폴카르트가 "태양에 관한 소책자"를 구성하고자 했을 때, 이들은 함께 에크나톤의 『태양의 노래』와 파라오의 기도 그리고 아마르나에서 제식을 드릴 때 부르는 노래에까지 생각이 미쳤다. 이것은 릴케에게 아주 낯익은 것이었음에 틀림없다. 왜냐하면 태양이 생명을 부여해 일깨운 자나 태양에 의해 생명이 유지된 자를 부르는 모든 일은, 이 세상에 대한 가장 가치 있고도 가장 오래된 찬미가이기 때문이다.

1920년 말과 1921년 초 「C. W. 백작의 유고에서」라는 제목의 특이한 연작시가 나왔다. 여기에 들어 있는 시 중에서 "카르낙에서였다……"라는 구절로 시작하는 시를, 릴케는 자기 이름을 명기하지 않은 채 『1923년 인젤 연감』에 보냈는데, 이 시는 경쾌하게 씌어진 첫 번째 이집트 시를 보여준다. 십 년이 지나고서야 말이다. 이 시에서 위장한 형태로 등장하는 시인과 그와 동행한 여자 동료를 알아본다고 해서 헛짚은 건 아니리라.

이로써 저 세계, 『두이노의 비가』와 『오르페우스에게 부치는 소네트』라는 신화적·시적 공간에서 유효한 형상을 찾게 된 저 세계가 불러 올려졌다. 그 중 가장 인상적인 것은 영원한 상징으로 고양된 스핑크스의 자태, 거의 오천 년 전부터 기제의 피라미드들 앞에서 솟아오르는 태양을 고대해온 그 자태이다.

"[…] 숭고한 스핑크스가, 말없는 묘실들의
얼굴이.
그리고 그들은 왕관을 쓴 머리를 보며 놀란다,
침묵한 채
사람의 얼굴을 영원토록
별들의 저울 위에 올려놓은 그 머리를 보며."
(제10비가)

여기서 릴케는 세계문학에 있어 가장 주목을 끌 만한 시적 이미지들 중 하나를 발견했다. 다시 반복될 수 없고 예고될 수도 없는 인간의 얼굴 표정에 대한 회상보다 우리에게 더 고유한 것은 없을 것이기 때문이다. 그러한 것은 잊을 수가 없는 법이다. "[…] 여기 하늘로 향하고 있는 하나의 형상이 솟아올랐다. 수천 년의 세월은 이 형상에 약간 사소한 손상을 준 것 외에는 아무 영향도 끼치지 못했다. 이 사물이 인간적 특징(우리에게 친밀하게 알려져 있는 사람 얼굴의 특징)을 띠고 있다는 사실은 전대미문의 일이었다. 그리고 〔…〕 나는 이것, 바로 이것이, 우리가 번갈아가며 운명과 우리 자신의 손에 내맡기는 것이라고 나 자신에게 말했다. 그 사물의 형태가 그러한 주변 환경 속에서 유지될 수 있다면 그것은 위대한 것을 의미하는 능력이 있음에 틀림없다. 〔…〕"

호르스트 날레브스키

옮긴이 해설

이집트로 떠난 탕자의 현존 상실과 현존 획득

릴케가 이집트로 여행했던 시기는 1910년 말부터 1911년 초까지로 대략 네 달 반에 달한다. 이 시기의 그를 특징짓는 것은 한 마디로 '위기'이다. 자신의 연인인 루 살로메에게 보내는 편지는 이러한 절실함을 적나라하게 보여주고 있다.

> 내가 지난겨울 알제리아, 튀니스 그리고 이집트에 있었다는 사실을 알아요? 유감스럽게도 적절하지 못한 내 내면적 상황 때문에 안정된 자세를 잃어버려, 나는 결국 자제력을 잃어버린 말이 내팽개친, 그리고 때때로 안장의 등자에 매달린 채 딸려갈 수밖에 없는 상황에 놓인 그런 사람으로 함께 떠나오게 되었어요. 그것은 바람직한 일이 아니었습니다.

하지만 그뿐이었을까? 역설적이게도 그의 불안정

과 혼돈은 새로운 생성을 위한 전제조건이 된다. 같은 편지에서 그는 계속해서 다음과 같이 적고 있으니 말이다. "하지만 그래도 오리엔트가 약간은 내게 전달되었습니다. 게다가 나일 강의 배 위에서 나는 아라비아적인 것을 받아들였습니다. 그리고 너무나도 혼란스러운 상태에서 이곳에 왔음에도 불구하고 카이로에 있는 박물관은 그래도 내 안에서 무언가를 빚어낸 것 같습니다." 대체 무엇이 빚어졌을까?

앞에 모인 글들은 그 자체로 이러한 빚어짐의 생생한 기록이다. 이집트 여행을 통해 릴케는 무엇보다 섬세한 타문화 체험과 이를 통한 새로운 자기 이해의 가능성을 획득한다. 그것은 전쟁을 통한 문화 지배처럼 강압적인 방식이 아니라, 조심스럽고도 섬세한 내면적 접근과 자기 변화를 통해 이루어진다. 릴케는 이러한 타문화 체험을 '떠남과 돌아옴'이라는 주제, 특히 '탕자'의 비유와 연결시킨다. 릴케가 동방 여행을 떠나기 얼마 전 완성했던 『말테의 수기』 말미에는 성경의 「누가복음」에 나오는 탕자의 비유가 릴케 자신에 의해 재해석되어 있다. 그는 이 이야기를 "사랑받기를 바라지 않았던 이의 전설이라고 굳게 믿고"자 한다. "식구들이 생각하고 있는 그"의 모습에서 필사적으로 벗어나 "아직 실현되지 않은 삶의 비밀"을 체험해보려는 유년의 노력은, 그가 공상에서 깨어나는 순간 항상 실패한다. 마침내 집을 떠났다 오랜만에 돌아온 탕자는 식구들이 자신의 절망의 몸짓을 오해하고 있다는 사실에 말할 수 없는 해방감을 느낀다. 그들의 사랑이 그에게 이를 수 없다는 것을 이제 분명히 알았기 때문이다.

『말테의 수기』를 탈고한 지 얼마 되지 않아 떠나게

된 이집트 여행에도 역시 이러한 떠남과 돌아옴의 정서가 짙게 묻어난다. 클라라에게 보내는 1910년 11월 18일자 편지에 그는 이렇게 적고 있다.

> 내가 이번에는 가능한 한 멀리 여행해야 한다는 것을 분명하게 느끼고 있어요.— 나의 작은 집을 열어둔 채 여기 남겨둔다는 생각은 내 마음에 쏙 들어요. 책들은 거기 세워져 있겠지요— 사람들은 어떻게 다시 돌아오게 될까요?

떠남과 돌아옴에 대한 이러한 성찰은, 오리엔트 여행을 통해 시인에게 '새로운 질서'에 대한 예감을 싹트게 한다.

> 어쨌거나 당신들은 내가 오리엔트를 얼마나 갈망했는지 압니다. 이제 그것이 내게 어떤 식으로

든 성취되었습니다. 엄청난 사실들의 침전물들이 어제와 내일 사이에 쌓여왔습니다. 질서는 없습니다. 전혀 없지요. 하지만 이제 나는 물길이 갈라지는 지점에 와 있으니, 아마도 모든 것을 떠나 저 아래쪽 새로운 방향으로 떠내려가는 일 외에는 아무것도 할 수 없을 것 같습니다. 어쨌거나 마호메트의 신(아마도 가장 잘 응용할 수 있을 것 같은 이 신)을 느껴본 것, 그리고 이슬람 사원이나 시장에서 혹은 저 바깥에 있는 꾸미지 않은 우주 공간 도처에서 이 사람들과 함께 인간으로 노력해보는 것, 또는 지구 표면 자체, 순수한 별인 지구 위 어딘가에 손을 놓아보는 것은 해볼 만한 가치가 있는 일입니다. 신이시여, 제가 거의 내내 몹시 놀라 어쩔 줄 모르는 인간이었음에도 불구하고 많은 것을, 새로운 질서를 가지고 갈 것 같은 예감이 듭니다.

시인이 이제까지 구축해왔던 질서는, 다른 신, 다른 공간, 순수성을 간직한 사막의 표면에서 그에게 아무런 버팀목을 제공해주지 못한다. 하지만 바로 이런 '어쩔 줄 모르는 상황'은 역설적이게도 시인의 내면을 휘저어 '새로운 질서'에 대한 고백을 하도록 이끈다.

뿌리가 잘린 듯한 현존 부재 상태의 릴케가 여행을 하며 자신의 내면에서 생성되어가고 있는 그 무엇을 포착하고자 할 때, 그것은 대개 사소하며 가장 원초적인 어떤 것이다. 무엇보다 이집트 체험은, "자체로 강조되지 않은 것"들이 릴케 자신을 형성하고 산출하는 데에 가장 근원적인 영향을 끼치고 있다는 사실에 대한 고백이 된다. 이 체험 역시 이집트 여행을 염두에 둔 편지글에서 다음과 같이 언급되고 있다.

나는 자체로 강조되지 않은 것이 나 자신을 형성하고 산출하는 데에 가장 근원적인 영향을 끼쳐온 것은 아닌지 가끔 자문하곤 합니다. 예를 들어 개와 함께 지내는 것이나, 자신의 생계를 위한 터전에서 세상에서 가장 오래된 자세를 반복하면서 줄을 꼬는 사람을 보면서 로마에서 지냈던 시간들……. 이와 유사하게 나일 강 유역의 작은 마을에서 원판 옆에 선 채 표현할 수 없을 정도로 가장 비밀스런 의미에서 생산적이었던 저 도공. [⋯] 이 모든 것이—그렇지 않습니까?—'영향'이었습니다.

이러한 그의 고백은 『두이노의 비가』 제9편에 다음과 같이 형상화되어 있다. "천사에게 이 세계를 찬미하라, 말할 수 없는 세계 말고, / …… / 그에게 사물에 대해 말하라. 천사는 더욱더 경탄하며

서 있으리라, 마치 그대가 / 로마의 밧줄 꼬는 사람 옆이나 나일 강가의 도공 옆에 서 있었듯이."

릴케의 이집트 체험과 『두이노의 비가』의 상관관계를 가장 잘 보여주는 것은 무엇보다 막다 폰 하팅베르크에게 보낸 장문의 편지일 것이다. 이집트에서 파리로 돌아온 릴케는 자신의 이집트 체험을 그녀에게 보내는 편지에 상세히 적고 있다. 이제까지 자신이 살아온 삶으로부터 내팽개쳐진 채 한밤중 스핑크스 앞에 홀로 누워 있던 경험, 모래바람에 자꾸 묻혀가는 이 거대한 존재가 전면부만 반쯤 발굴된 채 분화구 속에 엎드려 있는 자태, 스핑크스를 마주한 채 그 앞에 누워 올려다보는 릴케, 이때 그는 "가장 고유한 본질적 모습"에 대한 통찰이 "마치 파도처럼" 자신에게 덮쳐 오는 경험을 하며, 자신의 "현존이 모든 가치를 잃어"버린 듯한 느낌을 갖게 된다. 하지만 바로 이를 통해 그는 자신의 현존이 너무나도 완벽하게 의식되었노라고 고백한다. 현존의 상실과 그것의 획득이 동일한 순간에 일어나는 이 체험을 그는 "내 놀라움의 자리"라고 이름 붙인다. 그리고 집약된 시적 체험, 근원체험이라고 이름 붙여야 할 무엇인가가 일어난다.

> 나는 잠시 후에야 무슨 일이 일어났는지 파악했습니다. 생각해보십시오. 바로 이런 일이 일어났습니다. 스핑크스의 머리에 있는 돌출된 왕의 두건 뒷부분에서 올빼미 한 마리가 날아올라, 아주 살짝 들릴 정도로 부드럽게 밤의 순수한 심원을 비행하며 천천히 스핑크스의 얼굴을 쓰다듬었던 것입니다. 그리고 몇 시간 동안 밤의 정적으로 민감해진 내 청각에—마치 기적이라도 일어난 듯—저 뺨의 윤곽이 새겨졌습니다.

이 '기적 같은 체험'은 〈두이노의 비가〉 열 번째 시에 다음과 같이 옮겨진다.

> 가끔
> 새 한 마리가 놀라서 그들의 시선을 가로질러 낮게 날아가면서,
> 저 멀리 자신의 고독한 울음소리를 상형문자로 그린다.—
> 〔…〕
> 비탄의 시선이
> 스핑크스 두건의 가장자리 뒤에서 부엉이를 놀라게 한다. 그러자 부엉이는
> 너무나도 충만하게 둥근
> 뺨을 따라 서서히 훑어 내리면서
> 새로운 사자(死者)의 청각 속,

두 쪽으로 열린 종잇장
위에 형언할 수 없는 윤곽을 부드럽게 그려 넣
는다.

개인적인 차원에서 현존 상실과 현존 획득이라는 상반된 체험의 동시성이 문제가 되는 반면, 릴케 자신이 속한 유럽 사회를 바라볼 때 강조되는 것은 상실의 측면이다. 고대 이집트의 남근적인 신상이 보여주듯이, 고대종교의 에로틱한 측면이 유럽 문화에 결여되어 있다는 고백, 동시대의 불행이 바로 이러한 사랑의 행위를 도외시하는 데 있다는 고백은, 문화적 근원성을 상실한 유럽 사회에 대한 통렬한 비판 역할을 한다.

끔찍스러운 것은, 있는 모습 그대로 낱말에 충실하며 손에 잡힐 듯한 이 경험이 (왜냐하면 동시에 이 경험은 그처럼 말로 할 수 없고 만질 수도 없기 때문입니다) 신으로까지 고양될 수 있는, 즉 남근적인 신성을 보호할 수 있을 정도로 고양될 수 있는 그러한 종교를 우리가 전혀 가지고 있지 않다는 점입니다. [⋯] 그럴 때 우리는 형용할 수 없을 정도로 배반당한 자들이자 내버려진 자들입니다. 그리고 우리의 불행이 여기에 있습니다. 시간이 지나면서 사람들은 통찰하게 될 것입니다. 사회적인 것이나 경제적인 것 속에서가 아니라 바로 여기에 우리 동시대의 커다란 불행이 있다는 점을 말이지요—이처럼 사랑의 행위를 주변적인 것으로 몰아내버리는 데에 말입니다.

주변적이면서 근원적인 것에 대한 체험을 통해 릴케가 얻게 된 것, 그것은 자신을 위한 새로운 질서에 대한 예감이지만, 이 예감은 개인적인 차원을 뛰어넘어 다른 종교와 다른 문화에 대한 새로운 이해를 촉구한다. 왜냐하면 20세기 초 서구 제국주의의 끝자락에서 시인이 느꼈던 관점의 변화, 그 변화란 다름 아닌 서구적 질서에서 바라본 우월한 태도로부터 스스로 철회하는 것, '절대화에서 자기 상대화로, 점유에서 수줍은 거리 두기'로의 변화이기 때문이다.

말에서 내팽개쳐진 채 안장에 매달려 떠나온 시인은, 예상과 달리 한층 풍부하고 민감해진 자의식을 선물로 안고 고향으로 돌아간다. 이번에야말로 가족들이 자신을 알아보지 못할 것이라는 확신을 가진 채, 탕자처럼.

정현규

Sie werden wissen, wie sehr mich da

regt und berührt, was Ihr Brief v

Zustimmung zu meinen Arbeiten e

hält; ich halte mich nicht dabei auf

Ihnen zu versichern. Ergänzend will ich

aufschreiben, daß Ihre Worte, fast wie g

gesehen (mit dem ganzen Schwingen,

m Worte sein können) zu mir kamen.

atte mich in den letzten Tagen immer m

r mit Ihrem Vortrag – vom Dichter

dieser Zeit – beschäftigt, und so war

n Ihre Stimme gewöhnt und gleichsam

auch vorbereitet, sie wieder zu hören

Ich war in diesen Tagen nahe

ch davon, Ihnen zu schreiben. Auch da

werden Sie verstehen. Aber ich finde doch